吃飽睡飽，人生不怕

瞿欣怡

「我想透過寫作與食物抵達的，不僅僅是和解，而是在痛苦中，生出溫柔的可能。」

寫下這一句話，漫長地，與生命之惡拚鬥的旅程，好像抵達終點了。

好評推薦

宣洩情緒地吃，有時接近浪費食物，因為食不知味。從料理到品嘗，讓作者帶著我們好好對待食物，靜下來跟自己談心。

——洪仲清（臨床心理師）

「吃飽睡飽，人生不怕」——我該把小貓這八字箴言刻成匾，掛起來。

——馬世芳（廣播人／作家）

向小貓學習美好的生活方式。

——張曼娟（作家）

臉書上看小貓做菜特別享受，材料豐盛澎湃、手法痛快淋漓，隔著螢幕都能感受到那兜頭兜臉撲來的味香。讀文字，則又是另種情致，同樣直率酣暢，然字字句句掬誠剖心，娓娓談食寫菜說生活同時，人生的生命的悲歡喜瞋愛恨合離歷歷，卻點滴涵藏著非常小貓的豁達明亮和帥氣，讓人忽而垂涎、忽而噙淚、忽而微笑，不能自己。是的。吃飽睡飽，人生不怕。只要有愛，人生何怕！

——葉怡蘭（飲食生活作家／《Yilan 美食生活玩家》網站創辦人）

contents

第一部　餐桌上，只有愛

第二部 吃飽睡飽，人生不怕

第三部　做個沒有用的人也可以喔

推薦序

祝吃飽睡飽，願一切安好

韓良憶（作家／電台主持人）

初次見到瞿欣怡，是在我姊良露舉辦「潤餅節」的後台，她眨著大眼睛告訴我，喜歡我的一本居遊美食書，希望有一天也能去西南法。坦白講，我有點意外，因為我知道她是女權運動健將，而在那之前我所認識的社運者，少有會主動承認自己愛吃愛喝愛玩耍的，更別說喜歡一本寫吃喝玩樂的書。當然，眼下我得承認，當時的訝異根本是刻板印象。

總之，我就這樣認識了長得清秀可愛，看來開朗活潑的她，真正熟起來，則是在我七年前回台定居後，除了因地緣之便，見面次數較多之外，更要拜臉書之賜。透過臉書，我見到了更多面向的她：愛吃愛烹飪愛生活，努力追求美好生活；雖然人稱小貓，卻不是溫馴的貓咪，不平則鳴，重視社會正義，講公理；有時做事很衝動，不時丟三落四，然而這樣迷糊的小貓心思並不粗糙，內在敏感細膩，非常真性情。

我以為我更了解小貓了，然而看完了《吃飽睡飽，人生不怕》的樣稿，才發覺自己其實並不是那麼「認識」她，因為她人生遭遇的種種波折，遠較我原本知道的更多，而她卻比我原本以為的更勇敢！她透過文字，直面算不上非常幸福的童年，揭開成長過程直到現在的人生傷痛，並且不避諱地寫出曾有過的黑暗想法和對這世界的種種恐懼，誠實得讓人心疼。

在這本書中，她有許多篇寫食，有一些更直接寫到食物的做法，然而就算是散文式的「食譜」，她談的卻萬萬不只是口腹之欲，而是與特定食物有關的人與情，其中也包括「教她學會愛」的狗孩兒。

於是她寫蛋餃、鮮奶油蛋糕、滷肉飯、苗栗外婆的粽子、上海奶奶的醃篤鮮、和父親共飲的那最後一碗大豆豬腳湯、為母親煮的那一鍋澎湃的海鮮粥湯、為生病的太太做的牛肉全餐，以及童年時期校門邊的蚵仔麵線……她擅於描述食物做法和滋味，讓愛吃的我讀著讀著，食欲漸開，可是且慢，為什麼我的視線模糊了？原來不知何時，我眼中噙著淚水，我被文中對人的深情、對生活的熱情，感動了。

這是一本療癒之作，得到療癒、感覺被撫慰到的，不只是作者，還有讀者。瞿欣怡在書中寫道「我想透過食物和文章傳達的，不僅僅是和解，而是在痛苦中，找到溫柔的可能。」經由寫作，小貓逐漸和心愛的家人、和自己、和人生和解了。唯有面對黑暗，才有機會迎來光明，身為朋友，只想藉著這篇小小的文章，祝願小貓和她愛著的人，從此一切安好。

推薦序

吃飽睡飽就虎虎生風的小貓

莊慧秋（作家）

小貓是我認識的人當中，最愛吃的人。

她的愛吃，不限高檔食物。貴的龍蝦、干貝、鮑魚、和牛她當然愛，夜市美食如蚵仔麵線、鹹酥雞、滷味、芒果青，還有可怕的高熱量零食如洋芋片、蜜漬豬肉乾，她也都愛不釋口。吃是她生活中最大的樂趣之一。

吃東西時，她總是很豪邁、爽快。不論是上館子或在家吃飯，明明我們只有兩個人，她總是堅持至少要三菜一湯，四菜她也不嫌多。她喜歡餐桌上擺滿食物的豐盛感。

更神奇的是，她通常一面吃著早餐，就開始計劃午餐要吃什麼。吃著午餐時，已經把晚餐甚至宵夜都想好了。當然，吃晚餐時，也一定會超前部署，把隔天早餐的麵包火腿沙拉水果都預先準備齊全。

我不太能夠理解這種執念。我是只要吃飽了，就對食物失去興趣，餓了再說的人，她卻喜歡把每日三餐（還有下午茶和宵夜）當成重要大事，認真慎重安排規劃，一定要知道下一餐吃什麼，她才安心。

她不只愛吃，也愛煮。我們家的冰箱永遠是塞滿的，她說，她屬老鼠，囤積食物是本能。二〇二〇年春天，疫情爆發的時候，她更是樂得大肆採買，就算世界末日來臨，我們應該都不會餓死。

我們的個性很不一樣，包括對食物的愛好。我口味清淡，她卻喜歡重口味。我怕麻煩，若只有一個人在家，我就把肉蛋蔬菜麵條全煮成一鍋，沒有油煙，營養素也很齊全，百吃不厭，她卻一臉嫌棄說很無聊。她炒菜一定是蔥薑蒜辣椒醬油全嘩啦撒下爆香，燉湯一定要有排骨、小魚乾或火腿作底慢熬，堅決認為家常菜也不能馬虎，才會好吃。所以，我們家的廚房向來由她做主，我完全插不上話。我只要負責吃就好了。

說起來還真是委屈這位大廚了。我的消化比較慢，往往吃飯時間到了，胃口卻還沒開，小貓常氣得大叫：「不要老是說你不餓！我很餓！」她很喜歡命令我吃東西，至少要陪她一起吃，這樣才像家人。

因為她，我也漸漸能體會到吃東西的美感和快樂。她在陽台佈置了一張小餐桌，不急著出門的日子，她喜歡把早餐的咖啡壺、麵包、奶油、果醬全搬到陽台，讓窗外的陽光陪她開啟新的一天。好天氣的時候，她也會一時興起，帶著豐盛的早餐和小狗的鮮食，我們一家三口到大安森林公園野餐，我們躺在樹下看書、玩手機，小狗在草地上打滾放風，好舒服啊！

她很喜歡過節，因為節日總是跟吃有關。有一年情人節，我們不想去外面人擠人，決定在家裡吃飯就好。我把事情想得很簡單，就是煎個牛排、開瓶紅酒，比平時奢侈一點就好嘛。沒想到，她居然偷偷去買了新桌巾和餐巾紙，配上鮮花、燭光、漂亮的擺盤，弄出一桌浮誇的情人節浪漫晚餐。我看得傻眼，她在一旁洋洋得意。

多年前，我第一次開刀的時候，她這麼愛吃的人，居然陪著我每天吃無聊的（不，是健康的）養生地瓜餐，而且每口食物都要咀嚼五十下，真是難為她了。後來，在我化療期間，她更是費心研究各種高蛋白營養食譜，可是那時候我味覺改變，吃什麼都味如嚼蠟，實在沒胃口，她很努力不斷變化菜色，牛肉、雞湯、煮蛋、蒸魚，輪番端上桌，像哄小孩一樣地鼓勵我吃東西。每一道菜裡都有著她想要照顧我的心意，非要看到我吃得下，她才放心。

我真心覺得，小貓對食物的熱愛，是一種很棒的天賦。每次看她吃到喜歡的食物，臉上綻放出無比滿足的笑容，洋溢著宛若置身天堂的幸福感，其實很有療癒性，也有感染性。經過她長年的陶冶，我終於慢慢變成一個可以跟她一起享受美食的人了。

我很喜歡這本書的書名《吃飽睡飽，人生不怕》，非常小貓風格。她除了愛吃，也愛睡。她有過動症，個性急躁，更是工作狂，她一直渴望在工作中證明自己，好勝心超強，不容許別人看輕她。這樣活著是很費力氣的，所以，她只要一安靜下來，常常倒頭就睡，即使初次到朋友家做客，她也照睡不誤。說起來，這也是一種讓人羨慕的本能，沒電了就睡一下，充飽電，醒來又是虎虎生風。

小貓的童年並不安定，讓她對脆弱和陰暗很敏感，但她是有福份的，她性格中的善良和樂觀，讓她得以從任性叛逆的黑洞邊緣安然閃過，好好長大。因為嚐過人生的苦，所以更懂得善意和溫暖的力量。現在，如果聽到身邊的朋友正在經歷艱辛的旅程，她常會爽朗地提出邀請：「來我家吧！我做菜給你吃。」

確實，人生不管遇到什麼事，只要還能吃、能睡，就不必太擔心了吧！哭著吃飯沒關係，帶著淚痕睡去也沒關係，吃飽了、睡飽了，拍拍屁股站起來，就有新的力氣可以繼續向前走。這或許就是小貓想要跟讀者們分享的，屬於她的人生體悟。

第一部

餐桌上，只有愛

謝謝那些在餐桌上餵養過我的家人。

謝謝外婆，謝謝奶奶，謝謝媽媽，謝謝爸爸，謝謝你們的愛。

我們家雖然有很多不圓滿，有很多很多爭吵與眼淚，但在吃飯的時候，我們是很幸福的。

廚房裡細火燉煮的熱湯熱菜，養大了桀驁不馴的我，也把我的叛逆燉軟燉爛了。

如果我沒有變壞，都是因為餐桌上冒著煙的一餐一飯，讓我明白，世界再壞，都還有人愛著我，有人等我回家吃飯。

外婆是最初的愛

在我心中，世界上最好吃的粽子，是外婆包的。外婆包的粽子很簡單，糯米用紅蔥頭、蝦皮炒香，包的時候放香菇、五花肉、蝦米，最後用竹葉緊緊包裹炊熟。外婆在苗栗秋茂園賣粽子、茶葉蛋，每天都包很多粽子，我則守在大灶邊，等待鍋底最香的那碗鍋粑，那是我的。

外婆的一生很辛苦，外公長期缺席，外婆得靠自己養家。靠海的小村子沒什麼工作機會，外婆種花生、編藺草蓆、賣粽子飲料，養大九個孩子。

養完孩子，還得養孫子，我才剛學會走路，就被忙碌的爸媽送到外婆家，搖搖晃晃跟在外婆身邊。外婆家的生活很單純，清晨天剛亮，外婆就起床到後院餵雞，我在半夢半醒間聽外婆學雞叫「咕——咕古故」，喚雞吃飯，我在叫聲中慢慢醒來。

外婆家的一切，都像是枝裕和的電影，緩慢、寧靜、明亮。外婆白天在廚房陰涼的地方編藺草帽、藺草蓆。藺草硬，要常常噴水，外婆嘴裡含一大口清水，一邊轉頭，一邊「噗——」地噴水，外婆很厲害，氣好長，噴得好均勻。

除了編蓆子，外婆還有好多事要做。她揹著我上山砍柴、揹著我去洗衣服。我睡午覺醒了，找外婆撒嬌，外婆會到屋簷下剪一顆自己包的鹼粽，灑很多很多糖，我坐在小板凳上吃粽子，吃完就出去玩。

有次我貪玩，跑到正在蓋新房子的大舅媽家工地玩耍，一腳踩上木條上的長釘子，釘子穿過拖鞋，釘住我的腳板，我怎麼拔都拔不起來，慌張大哭喊：「阿嬤、阿嬤！」外婆一把揹起我，跑向很遠的小鎮找醫生。後來腳板上留著一個小黑點記號。

爸爸媽媽總是不在，外婆卻永遠在。

有一次媽媽來看我，說好了要帶我回家，沒想到又趁我不注意，把我扔在外婆家。我站在小村唯一一條通往城市的柏油路上嚎啕大哭，是外婆把我帶回屋子裡，給我一顆放了很多糖的鹼粽，陪著我慢慢地把粽子吃完。

每天吃完晚飯，外婆會牽著我到小火車站的月台等三阿姨回來，我用石頭當沙包亂玩，玩累了就躺在月台上看星星，看著看著就睡著了。

我以為童年悠長，沒想到如夢般短暫，一晃眼，外婆已經離開二十幾年，我也有點老了。無論我幾歲，外婆永遠是最初的愛，是鹼粽上滿滿的砂糖。有外婆的小孩，人生多甜蜜。

奶奶的醃篤鮮

我的童年還有另外一個重要照顧者，奶奶。父母吵架時，奶奶會把我帶離現場，給我安全和愛。

我從小愛喝湯，還被允許沒規矩吃飯的囂張年紀，就常常在餐桌上嚷著：「我還要喝湯！」小肚子圓滾滾，咕嘟咕嘟喝完一大碗湯，奶奶好樂，喊我：「湯罐子！」

在所有的奶奶的湯裡，我最喜歡醃篤鮮，但我從來不知道那是所謂的「上海名菜」，對我來說，那就是「奶奶的湯」。奶奶還會燉咖哩洋芋牛肉湯、羅宋湯、海帶排骨湯，但是我最喜歡，而且印象深刻的，仍舊是醃篤鮮。原因很簡單，奶奶知道我愛喝，所以只要長大後回去找奶奶，奶奶就燉醃篤鮮。

醃篤鮮費工又花錢。得用五花肉、家鄉肉、金華火腿熬半天，同鍋一起熬著的還有冬筍跟扁尖筍，最後再放用鹼水洗過的豆腐皮結，起鍋前放青江菜。小時候不懂事，只知道湯好喝，湯頭要燉得奶白，筍子扎實香甜，我哪裡知道湯要熬那麼久，更不知道小個子冬筍那麼貴。

奶奶一邊等我，一邊熬湯，湯上桌，孫女也回來了。我以為這是永恆不變的，以為奶奶永遠都會為我燉一鍋湯。我當然知道人總有一死，但奶奶不會，奶奶是永遠的。

可是奶奶畢竟走了，九十二歲，已經把我們都照顧長大，她要好好休息了。是啊，我們也該長大了，該學會為自己燉一鍋湯。

今年過年跟家人吵架，一時間僵持不下，不知道該去哪裡過年。我索性跑去逛南門市場，到奶奶常去的攤子買了蠶豆，要做雪菜燜蠶豆，順手帶了個冬筍；然後又跑去豬肉攤買了豬肉、豬腳，再買一大包豆腐皮結、金華火腿跟家鄉肉。

騎機車回家的路上，我痛哭不止，我好想奶奶。如果奶奶在，我就不至於無處可歸。小時候爸爸媽媽吵架時，也是奶奶照顧我。肚子餓了、發燒了、挨打了，就去找奶奶，奶奶先張羅我吃飯，我洗好澡上床睡覺時，奶奶就會進房間，把我的棉被好好塞緊，用力拍一拍，笑著說：「這樣就不怕踢被了！」

跟家人吵架總是很快就和好。除夕夜，弟弟一大家子連狗帶小孩的，全部都到我家過年，快樂又熱鬧。

大年初三，人都走光了，我為自己燉了一鍋醃篤鮮，雞架子、排骨、五花肉、金華火腿、家鄉肉當湯底，筍子同煮，熬得奶白奶白，熬湯時不停掀鍋蓋偷嚐，是奶奶的味道啊。唯一不同的是，我的豆腐皮結只有泡水，不再用鹼水洗過。

奶奶臨走時叮嚀我：「要勇敢，要聰明，不要一天到晚傻傻被騙。」奶奶，我還是挺傻，很容易就相信別人，常常被騙。但是我很勇敢喔，至少，我哭完後會幫自己熬一鍋醃篤鮮了。

奶奶，謝謝你，謝謝你的愛，謝謝你的湯。

遺忘味道的奶奶雞湯

我會做風乾雞腿、醃篤鮮、羅宋湯、炒米粉、蛋餃，我會做很多菜，但是我不會煮雞湯。

我試過很多方法，加很多北海道干貝、台灣香菇，用砂鍋或者鑄鐵鍋小火慢燉一整天，樣子有了，卻總是覺得少了些滋味。

關於雞湯，我一直有個說不出的遺憾。那是奶奶最後想為我煮的湯，我卻錯過了。

二〇〇六年，我出版了第一本書《肯納園，一個愛與夢想的故事》，四個成年肯納兒（俗稱自閉症）的媽媽擔心孩子無人照顧，決定一起在花蓮蓋間民宿，萬一自己老了、走了，孩子有地方可以收容。

這本書寫了兩年，從肯納園還在蓋，餐廳前的花圃都還是碎石子路，就開始採訪，訪到房子蓋好才結束；採訪地點從台北、楊梅、花蓮，到紐約，甚至連我都搬到花蓮短居，跟孩子們一起吃一起玩，才終於把故事寫好。

這是我的第一本書，我非常用力，常常跟孩子們混到深夜才開車回家。漆黑的鄉下小徑，車燈與儀表板是唯一光源，車窗倒映著我的臉，彷彿平行世界的我，穿越黑暗來陪我回家。

這本書很幸運地得了開卷美好生活書獎。接到得獎通知的下午，我在雜誌社寫稿，我躲到陽台上接電話，金色天光灑下，我激動得猛說：「謝謝、謝謝」。能夠被肯定，原來這麼棒；透過寫作感動人，原來這麼美好。

奶奶知道我得獎後，也很替我高興，一直打電話來催促：「趕快回來，奶奶燉雞湯給你喝！」我嘴上答應，卻沒有真的回家。我從小就很野，喜歡亂跑，討厭待在家裡。我知道奶奶是真心替我高興，聽到奶奶的笑聲，我也覺得好快樂，但我就是懶得回家。外面的世界那麼好玩，我還有很多事情要做，很多文章想寫，很多飯局要約，奶奶的雞湯就再等等吧。

結果我拖拉太久，雞湯宴沒了，奶奶也愈來愈老，身體愈來愈差，沒多久就過世了。

每當想起錯過的雞湯，我的心裡都充滿悔恨。其實，外面的世界才可以再等等，但奶奶老了，奶奶等不了。

後來我一直問小叔「奶奶的雞湯怎麼煮」，小叔都開玩笑說：「奶奶的雞湯不好喝啦！」稀哩呼嚕就把我的問題帶過。但我怎麼說得出，我想學，我想喝，因為我錯過了。

奶奶做的很多湯，醃篤鮮、蘿蔔燉牛肉、羅宋湯，我都記得味道，也知道工序，唯獨奶奶用什麼燉雞湯，我始終想不起來。

我一直想寫一本關於食物的書，重點不是料理手法，而是故事，是想念與追悔。我努力地為每一道菜寫上工序，唯獨雞湯，除了苦澀與淚水，我什麼也記不得。

爸爸的酸菜鴨湯

我最愛的爸爸熬的湯，不是醃篤鮮，不是羅宋湯，更不是大豆豬腳湯，而是酸菜鴨湯。醃篤鮮是家族的味道、羅宋湯是我第一道學會的湯品、大豆豬腳湯是爸爸燉給我的最後一碗湯，酸菜鴨湯才真正是我的心頭好。爸爸的酸菜鴨湯，肉味豐厚，酸菜夠味，連薑的味道都能夠喝出來，那才是真正有火候。

說穿了，這湯一點也不難，買到油脂豐富的帶骨鴨肉，川燙洗乾淨後，下鍋等著，放大半個眷村市場買的醃酸菜，薑也別客氣盡量放，接著就把工作交給爐火。

這菜不難，但我卻到四十歲才第一次試做。鴨子難買，酸菜也難買，總覺得大部分的市售酸菜都有消毒水味。幸好台北的成功市場有家菜攤，醃了各種雪裡紅、芥菜、酸菜，看店的是個外省老先生，女兒當幫手，這樣的店才信得過。再不然勤奮跑遠點，南門市場同寅號也非常值得信任。

這回意外買到好鴨肉、好酸菜，在辦公室坐不住，一直想著回家燉湯。可是真的站在廚房後，卻不知道該如何下手。

爸爸燉湯的時候，酸菜切多大塊？單純用菜梗，還是加點葉子？要加酒嗎？是米酒、陳紹，還是高粱？薑到底該切片還是切絲？

我只記得味道，剩下的都在歲月中消散了。我一點也不記得那鍋湯的細節，我只記得湯燉好了，我迫不及待想喝，爸爸提醒我鴨油悶著，不要被燙到。我只記得我們站在廚房喝了一碗又一碗，滿足地傻笑。

我想不起酸菜鴨湯的細節，於是上網搜尋食譜，有的說要先用麻油炒鴨肉，但我們家的酸菜鴨湯明明沒有麻油味；有的說要加米酒，好像有點相近了；更讓人生氣不解的是，竟然有廚師在酸菜鴨湯裡加雞湯粉，這真是不可饒恕，有鴨有酸菜，還要加雞湯粉，墮落！

關掉網路食譜，我還是自己來吧。在食物這件事情上，我的嘴巴跟直覺比較可靠。

最終我把酸菜切得太小，吃來無味；加了太多高粱，爐子上不斷傳來酒味，我八成失敗了。

果然無法靠著一碗湯就走回童年。

不過，雖然沒有煮出完美的爸爸酸菜鴨湯，可我燉的湯，上頭還是冒了一層油，湯滾出淺白色，酸味只差一點，卻也足以上桌了。可是，我又有了新的煩惱，到底這鴨湯裡該不該加把蝦米？可惜不能回家問爸爸了。

我跟爸爸的感情並不好，只有在食物與寫作上有共識。我以為失去爸爸並不會悲傷，但原來，只要失去了，就是孤兒。

只要死去了，就無法回頭就相見。

最後一碗大豆豬腳湯

我對父親最後的回憶，停留在一碗湯，那是我們之間能有的，最美好的畫面。

聽說這世界上有「黑天使」，明明彼此關心，卻假裝互相討厭；明明很想靠近，卻永遠都在吵架。相愛，卻相殺。

我跟父親就是彼此的黑天使。我們曾經有過很美好的時光，他教我背唐詩、寫書法、下圍棋，他說：「我女兒長大要當詩人。」我喜歡跟他去南部看屏東奶奶，喜歡跟他一起買花種花，喜歡他捱著小收音機為我抄廣播裡的新詩。

可是人生真的好難，幸福短暫脆弱，童年太短。

人世間的挫敗與癌症的折磨，讓中年父親變得易怒，偏偏我是個壞脾氣的孩子，一進青春期更是暴走，我不怕打，老是跟他正面衝突。我們總是在吵架。

只有下廚做菜、吃飯，可以讓我們和好。上海男人善廚藝，父親更是，至今父親做的豆瓣魚、酸菜鴨湯，仍是我吃過最好吃的，再沒有廚師燒得比父親更好。父親曾經吆喝眷村鄰居們來吃牛肉麵，吃客如潮，每個人端碗麵站在院子裡吃起來，父親不疾不徐，一碗一碗煮，絕對不大鍋煮糊爛麵。

父親很願意為食物花錢花時間，他的口頭禪是：「吃！吃不窮！」

生病後，他連享受美食都難，化療讓他味覺改變，有一段時間，他吃什麼都是苦的。幸好後來味覺恢復了，病中的父親，只有做菜與種花，可以讓他稍稍忘記病痛折磨。長大後的我也常常把廚房當避風港，不管生活有多少難堪，只要躲回廚房，緩下心好好燒一鍋湯，湯料酒水自然會把傷心煮化。

父親癌末時，已經不良於行，卻還是貪吃，使喚我到市場買豬腳、大豆（黃豆），笑著教我怎麼熬這道湯。湯熬好，我們兩父女各舀一碗，在廚房迫不及待吃了起來，湯碗見底，我們滿足地笑了，那是我對父親最後的記憶。

大豆豬腳湯說起來也沒啥技巧，大豆泡軟去皮，連豬腳一起下鍋燉，肉跟豆子燉軟，湯頭熬白，湯就成了。吃的時候加點鹽，灑點蒜苗，就是人間美味。

感謝老天爺的仁慈，讓我跟父親最後的記憶停在這裡，那些爭吵的過往，父親暴怒下對我的責打，或者我把他的錢甩在地上頭也不回地離家出走，都過去了。只要肯花時間，豬腳與大豆都能燉得軟爛，更別提那些憤怒怨懟，隨著時間，隨著父親的死亡，早就化在歲月裡了。

為媽媽燉鍋羅宋湯

我很早就會燉家常羅宋湯，這湯看起來又難又浮誇，說破了真的很簡單。

四人份的量，用二十六公升的湯鍋，備五、六個大番茄、四個馬鈴薯，兩條紅蘿蔔，全部去皮削塊備用；洋蔥一顆，切丁擺旁邊等著；牛肉冷水川燙過，用一包牛腱或肋條都可以，我通常準備兩種，腱子肉好吃，牛肋有油花添香，如果油花多了還可以先切下來備著。

接著就是下鍋啦。小火熱奶油、橄欖油、牛油花，記得一定要小火，否則奶油很快就燒黑了。奶油稍微融化後，洋蔥丁下鍋炒到透明；

接著把番茄扔進去，炒出些番茄汁；然後下牛肉炒香；接著把全部的紅蘿蔔、一半的馬鈴薯入鍋一起炒；最後加水到八分滿，開大火滾一下，去浮沫後，關小火，蓋鍋蓋，慢慢熬三、四個小時，熬到馬鈴薯、番茄、洋蔥都化了；起鍋前半小時把剩餘的馬鈴薯削皮切大塊放入鍋裡滾到軟爛，羅宋湯就完成了。當然還可以有點變化，比如加點西洋芹菜、高麗菜，有些人會加番茄醬，我寧願多加兩顆番茄。

羅宋湯的奧秘，是「耐心」。耐得住站，在廚房削皮切塊直到地老天荒；耐得住等，通常我會留一整天熬湯，三、四個小時是基本，如果可以熬上半天、一天就更好了。

離鄉到台北念大學後，某一年冬天，媽媽住院開刀，那是我第一次照顧她。我在新竹老家的廚房洗洗弄弄，熬了一鍋羅宋湯給她送去。不知道為什麼沒有騎機車，而是坐公車，小心翼翼拎著一鍋湯，穿大大的紅外套，走長長的路到醫院。一路上忐忑不安，不知道媽媽狀況如何，也不知道她愛不愛這湯。結果媽媽很快喝完，還大讚不已。湯好不好喝是一回事，但那是我第一次比媽媽強壯。

後來媽媽越來越老，我為她煮的食物越來越多，她每次都大讚：「你應該開餐廳，讓更多人吃到你做的菜啊，不然好可惜！」我聽了大笑，我做的菜沒有這麼好，是老媽想要用「最高級」的形容詞感謝我。

我們母女當然有很多愛恨情仇，水瓶座的媽媽不擅長照顧小孩，我媽媽直到六十幾歲還任性得不得了，理直氣壯地說：「我都這麼老了，為什麼不能任性！」但是，媽，你從年輕任性到老啊！

她不只一次跟小孩放狠話：「從今以後你過你的，我過我的，自生自滅！」我從小聽狠話長大，無法理解為什麼母親會對孩子說這種話？我也曾經難以原諒，這是遺棄吧！

幸好，那些撕心裂肺的爭吵都過去了，媽媽開始依賴我，我也漸漸明白人生的苦，明白她在不快樂的婚姻中，已經盡力做到最好，至少她從來沒有真正遺棄我們。

歲月終究還給我們平靜，讓我們能一起說笑吃飯，這是母女一場最好的結局了。

校門邊的蚵仔麵線

我最喜歡的食物之一，就是蚵仔麵線，十分鐘快速飽食，有麵有湯有配料，還可以請小店多下點香菜，假裝自己吃了青菜。

然而，我心目中最好吃的蚵仔麵線，卻怎麼也找不到了。那是在桃園大成國小後門的攤子。那一年我才十歲，小學四年級，因為父母鬧離婚吵得天翻地覆，所以把我送去桃園阿姨家住了一年。我好像有人照顧，又好像沒人管，雖然晚上回家不用看爸爸媽媽吵架，還有熱飯熱湯可以吃，卻很孤單。

阿姨、姨丈都很忙，晚餐時間才回來。我得自己解決放學後的兩個小時。媽媽延續了我的鋼琴課，在學校附近幫我找鋼琴老師，放學後我就直接蹭到老師家混，說是彈鋼琴，更像是安親班。

長大的我往回看，當時小小的我根本還是個孩子，可是我當時並不覺得。沒有父母的管束與照顧，我天天飄來盪去。學校常起霧，我站在操場上，舉目茫茫，全世界只剩下我自己，一切都好不真實。

我熟悉的新竹巷弄不見了，爸爸媽媽弟弟也不見了，我在起霧的桃園，不知道該往哪裡去。小小的孩子沒辦法理解什麼是「活在當下」。

唯一讓我感到具體活著的，快樂的小事，就是放學到後門旁吃一碗蚵仔麵線。老闆娘應該有孩子，我每天放學後，揹著書包跑去，很開心地叫碗麵線，一邊吃，一邊跟老闆娘聊天，講今天學校發生的事情、講我小小的苦惱、算媽媽還有幾天會來看我。我嘰嘰咕咕講，老闆娘笑著聽。我快快吃飽後，喊一聲：「我去上鋼琴課嘍！」擺擺手又跑走了。

以前我一直以為是老闆娘麵線煮得特別好，又或者是老闆娘的攤子上準備了一罐沙茶醬，讓不敢吃辣的小孩可以調味，所以我才每天想吃。長大後我才明白，我惦念的根本就不是麵線，而是放學後有「媽媽」可以說話。那是十歲的我一天之中，最幸福的時刻。

中年回望，我對那個小女孩有更多疼惜，想著她獨自搭火車從新竹回桃園，總是一路哭，然後被滿車的大人安慰。我竟然就這樣長大了，人生好像很難，可是哭著笑著也老了。

如果可以跟當時的麵攤阿姨說聲謝謝就好了，一碗平凡的蚵仔麵線，卻安慰了陌生的孤單小孩。

時光燉煮的紅燒肉

迷惘時，我就躲進廚房做菜，特別是費工費時的菜。按捺煩躁的心，一步一步，照工序慢慢做，把心靜下來。

我特別喜歡做些奶奶做過的菜，我在裡面找被愛過的證明。其實我跟家人很疏遠，我在心裡惦記他們，但真要我回家，我跑得比誰都快。其實野孩子很孤單，天冷也會想家，只是心裡藏著不愉快，寧願在外面撐著也不回家。奶奶知道，所以從來不跟我講道理，她只在我回家時給我熱菜熱湯，只給愛，不囉唆。

我想家，卻寧願遠遠地看著，唯一可以把我哄回家的，就是奶奶說：「回家吃飯！」以前有美食記者問我：「台北哪一家餐廳的上海菜最好吃？」我想也不想就說：「我奶奶做的。」

可惜我太貪玩，沒有跟奶奶學做菜，我只能往回憶裡找滋味。年輕時，我以為「正確的工序」不重要，就像家裡糾結的人際，誰對誰錯根本不是重點，只要大家可以好好坐下來吃頓飯就夠了。

奶奶最常做紅燒肉。無論如何，餐桌上一定要有一盆肉。紅燒肉不好做，我試過很多次，常常弄得四不像，既不像外婆做的台式滷肉，也不像奶奶的上海紅燒肉。

直到四十歲的現在，我終於可以燒好一鍋紅燒肉了。因為我終於明白事理，知道許多事除了靠時間化解，還是要謹守工序，閃躲偷懶燒不出好肉。

漂亮帶皮的五花肉切整齊，下鍋四面煎得焦香，一定要有耐心慢慢煎，肉才香，薑片也可以在此時放下去一起煸乾；肉煎好，放幾顆蒜頭一根辣椒，大火爆香；倒點醬油膏，炒入味；接著加點冰糖，炒到焦糖化，除了可以帶甜味，還可以讓紅燒肉顏色漂亮；噴些陳年紹興，酒錢不能省，一定要用陳紹；味道堆疊夠了，再加點醬油炒鹹，醬油品牌不拘，也不堅持用老抽，奶奶都用雜貨店買的四季醬油，我則用龜甲萬或金蘭；最後下點醬油水，把肉醃過，大滾後，小火慢燉。

一步一步，把鹹味、甜味、酒味都扔進鍋裡熬，熬久了，自然油亮香甜。最終，我做出來的紅燒肉，也許不像奶奶的那麼完美，卻依然安慰了我。

不小心把生活搞得一團亂時，就躲進廚房燉鍋肉吧，一邊煎肉，一邊告訴自己：「不急、不慌，慢慢來。」生活暫時壞掉也沒關係，只要該做的都做了，工序對了，慢慢等待，最終都會熬出滋味的。

冬天了，好想做盤蛋餃啊

家傳菜珍貴的不只是味道，還有家族畫面。比如蛋餃。想起家裡做的蛋餃，我先想起的，不是一口咬下去，滿嘴的湯汁飽滿柔軟，而是奶奶跟媽媽的「背影」。

蛋餃是我們家的家常菜，不似現在外面喧騰捧上天的「手工蛋餃」那樣浮誇。對我們來說，那就是日常存在，冰箱總是冰著一盤，煨白菜的時候丟幾個，吃火鍋的時候再弄丟幾個。

小時候只管吃，不懂得做菜人的辛苦與心意。香菇、荸薺、蔥末切碎，拌入絞肉，加點鹽巴、醬油調味，光是切菜已經累了，接下來還得站在廚房裡耐著性子，一個一個慢慢攤。

炒鍋開火，倒一小匙豬油，用湯杓舀一匙蛋液，在鍋裡攤成一個小圓餅，趁蛋汁沒有凝固前，快手把餡放好，再把蛋對折成餃，確定餃子成形後，就可以起鍋放在大盤子上，慢慢疊成一座山。

奶奶做菜俐落，煎蛋餃得站很久，她照樣挺著背，嘴上叼根菸，從容不迫地做費工的活，問她做蛋餃是不是很難，她咧嘴笑說：「不難啊！」奶奶是天秤座，她做的蛋餃大小一致，而且漂亮。

媽媽跟奶奶學做蛋餃，過年前夕，就算媽媽的家庭美髮院再忙，她都會趁空做一大盤蛋餃，這是傳統。媽媽不像奶奶站著做蛋餃，她會用小板凳把卡式瓦斯爐墊高，再搬個小板凳坐著煎。有回煎得入迷，竟然從三分之一手掌大，越煎越小，最後玩出比拇指大一點的蛋餃。水瓶座的媽媽很樂，得意地把迷你蛋餃秀給大家看。

後來蛋餃傳到我手上，我不用切香菇荸薺，我有食物攪拌機。我挺不直背，卻也沒有空間在廚房放小板凳，只好站得歪七扭八，做出同樣歪七扭八的蛋餃。我這個射手，做蛋餃不拘小節，大小隨興，口味隨意，每次都不太一樣。

我個性急躁，奶奶跟媽媽也是，但我們竟然耐得下性子煎蛋餃，那是因為做蛋餃簡直像打禪，安靜地進入一個無人打擾的小宇宙。找一個下午，獨自在廚房，重複做著相同的動作：抹油、下蛋汁、攤圓、放餡、對折輕壓、輕輕起鍋。

煎蛋餃必須專心，不能急，要等蛋汁微微凝固成皮；不能慢，絞肉放下去就得疊成餃子；一分心，餃子就破皮；太貪心，餃子就疊不起來；好不容易做出個完美的，下一個可能就破肚子了，所謂「無常」，也就是這個道理了。

這幾年我因為自律神經失調，手不好使，不太能做蛋餃，心裡很失落。我好想念家裡煎蛋餃時的香味，想念歪靠著牆做蛋餃的寧靜午後，更想念媽媽的小板凳，跟奶奶的背影。

不能沒有風乾雞腿啊！

眷村過年最美好的回憶之一，就是媽媽曬在竹竿上的臘肉、雞腿。特別是風乾雞腿，被風吹過的醃雞腿，有種特殊香氣，非常非常好吃。小時候才剛放寒假，我就不停問：「要做雞腿了嗎？」到台北念大學後，也會特地打電話回家交代老媽：「要醃雞腿啊！越多越好！」

這幾年媽媽不太能做菜了，我只好買外面的燻雞腿，主要買石牌的桂來標，每年總是要下單個八隻十隻，存在冰箱裡。桂來標的臘肉、雞腿，鹹香帶勁，卻風得太老了。

今年冬天，我一個月內訂了三批桂來標後，轉念一想：「媽媽不做風乾雞腿，我可以自己做啊！」於是上網查做法，又打電話問廚藝甚好的朋友，再徵詢媽媽的意見後，自己動手醃啦！

我跟媽媽買的雞腿不一樣，我選擇去骨雞腿，理由很簡單，我不會剁雞腿，家裡也沒有剁刀。我不打算勉強自己「很厲害」學會剁雞腿，做菜做得愉快才重要，廚師必須鍛鍊自己做到極致，我只是個愛吃鬼，好上手又好吃就夠了。

去骨雞腿買回家後，先炒花椒鹽。我喜歡花椒的香麻，所以豪爽地下一大把，小火炒到滿屋子都是花椒味，就可以關火放涼了。

等待花椒鹽變涼時，可以同步處理雞腿。按照我媽的傳統做法，雞腿不能洗，洗了就不甜了，我實在無法接受，只能做到洗好擦乾。接著把花椒鹽均勻抹在雞腿上，食譜書寫著鹽巴的份量大約是雞腿重量的百分之二左右，但是媽媽跟奶奶做菜都隨手抓了就灑，從來沒用過電子秤啊。隨手灑才帥嘛！鹽的份量說穿了很簡單，薄薄地抹一層就對了。

雞腿搓好花椒鹽後，抹一點高粱酒，攤平放在深鍋裡，重複抹鹽抹酒往上疊，全部疊好後，鍋蓋一蓋，進冰箱冷藏醃三天。有空的話，每天拿出來換個順序重新疊，沒時間就省點事，冰三天就對了。

三天後，最好是鬼怪形容的「跟你在一起的時光都很耀眼，因為天氣好，因為天氣不好，因為天氣剛剛好，每一天，都很美好。」風微微吹，陽光如此溫柔，一切是那麼地剛剛好，這麼耀眼的冬日，是最完美的醃雞腿日。

在剛剛好的日子，把醃得剛剛好的雞腿用麻繩綁好，一隻一隻掛在曬衣竿上，讓風吹個三、五天，就大功告成了。

洗乾淨的風乾雞腿用高粱酒蒸熟，放涼了切，油花噗ㄘ噗ㄘ噴在砧板上，忍不住偷吃好幾塊，上桌後可以配上兩大碗飯。我心中最完美的吃法，則是在白飯上淋過年剩下的火鍋白菜湯，雞腿混著白菜、丸子、湯飯，唏哩呼嚕下肚。呼～比除夕夜的年夜飯還銷魂，這飯，吃的是生活滋味，不是排場。

學會做風乾雞腿真是太棒了，眷村拆了之後，就再也沒吃到的冬日滋味，終於重新回到我們家的餐桌。

為媽媽煮一鍋海鮮粥

最近讀了很多媽媽跟女兒的書，從林蔚昀的《我媽媽的寄生蟲》，到厭世姬的《厭世女兒》。厭世姬不斷質問：「母女相愛是天生的嗎？是必然的嗎？母愛到底是什麼？」厭世姬與她母親的故事在書裡有很多描述，讓我忍不住想起我與媽媽的愛恨情仇。

我的母親不是個典型的「媽媽」，她當然會做飯、照顧小孩，甚至賺錢養家，但她同時也堅持要有自己的事業，跟朋友相處勝過陪小孩寫功課。在我們還小到無法照顧自己的年紀，她常常缺席。

我卻一直愛著她。我不只一次被她放鴿子，被她欺騙。也是這樣的媽媽，帶著體弱多病的我四處求醫，在我深夜高燒急診後，她怕我燒傻了，回家的路上騎機車帶我繞圈，想知道我是否還清醒。

我的燒略略退了，趴在媽媽的背上，她壓抑自己的不安，假裝輕快地問我：「你還記得這條溪嗎？」「要不要去木工廠拿一些木塊回家玩？」天濛濛亮，世界都還沒有醒，只有我跟媽媽，在薄霧溪畔慢行，那是屬於我的霧中風景。

另一個霧中風景，是父母協議離婚那年（後來因為爸爸罹患癌症，媽媽極重義氣，決定留下來照顧父親），我被送到桃園，寄養在阿姨家。桃園多霧，由濕轉暖的季節，校園總是被濃霧籠罩，我看不到遠方，身邊也沒有人陪伴，大霧中，我只有我自己。

我曾經不只一次下定決心不要媽媽了，但只要她召喚我，我就回到她身邊。其實我非常樂意取悅她，雖然我們分住在兩個不同的城市，雖然她曾經是逃家的母親，我是逃家的女兒。

媽媽喜歡吃海鮮。有一年，我在萬里做田野，漁夫回港時，常常送我剛入港的萬里蟹，我寶貝著裝在保冰袋裡，巴巴地開好遠的車回媽媽家，為她煮一鍋螃蟹粥。

我只要一煮海鮮就失心瘋，整鍋澎湃到滿出來。先用醬油抓一下肉絲，醃著，蔥切段、紅蔥頭切末；起油鍋，爆香蔥段、蔥末、肉絲，再下生米炒香，加水慢熬，熬到米心熟了，快速地依序下螃蟹、蝦子、透抽、干貝、蚵仔，大火滾的時候放蛤仔，蓋鍋蓋數到十，熄火，略燜，數到三十，海鮮粥就好了，撒點胡椒、芹菜末，就可以上桌。海鮮粥也可清簡著做，時間多就用生米熬，湯濃米爛；時間少就用熟飯來滾，快速簡便。

有回媽媽來台北小住，我帶她去國家戲劇院看唐美雲歌仔戲，看完戲回家，媽媽喊餓，我蛇進廚房做宵夜，撕兩包滴雞精當湯底，晚餐吃剩的白飯放進去滾一下，扔兩塊螃蟹、幾尾大蝦仁、兩三顆干貝，超豪華宵夜完成！海鮮粥上桌時，媽媽高興得不得了。她回去後不停地跟鄰居炫耀：「我女兒帶我去國家戲劇院看歌仔戲，還煮海鮮粥給我吃捏！」可以讓媽媽炫耀一下，比什麼都值得。

有時候想起童年的眼淚，還是很心疼小小的我跟弟弟要承受這麼多離散，可是我們都長大了，明白人生有很多不得已，明白父母不是故意犯錯，他們只是不知道該拿自己破破爛爛的婚姻怎麼辦，他們也只是心碎的人而已。幸好媽媽回來了。

母女相愛也許不是天性，我很高興我終於有機會理解她。

我想透過食物與文章傳達的，不僅僅是和解，而是在痛苦中，找到溫柔的可能。能夠為媽媽煮一鍋海鮮粥，我心懷感激。

滿漢全席加顆蛋

有個任性的媽媽，難免有些痛苦，比如，不斷被放鴿子。但也會有些好處，比如，自由。

我媽媽是水瓶座，最討厭規矩，也受不了我們被拘束。從很小的時候，媽媽就會餵我吃冰淇淋，我氣管弱腸胃更弱，常常吃著吃著就發燒拉肚子，被送去醫院。奶奶為此氣了很久，媽媽卻依然我行我素。

別人家禁止看漫畫，說會學壞，我媽大大方方在漫畫租書店放一筆錢，隨便我們看。我跟弟弟最喜歡看《妙手小廚師》，有天晚上看了漫畫之後，好想吃壽司，兩個人在媽媽床上吵鬧，媽媽突然站起來說：

「我炸雞腿給你們吃好了！」

同學家禁止的泡麵，在我們家更是大大方方地吃，而且是媽媽煮給你吃。小時候最常吃的是味王原汁牛肉麵。媽媽煮泡麵也很浮誇，不光打蛋、還要放青菜、丸子，搞得好大一碗。表姊妹來玩，見到我們堂而皇之吃泡麵，又驚訝又羨慕。

媽媽不只在家裡煮泡麵，還會帶好吃的泡麵去奶奶家，熱情地煮給大家吃，奶奶心裡不樂意，卻又被泡麵的香氣熏昏了，吃得唏哩呼嚕。泡麵真的很療癒啊！

滿漢全席牛肉麵上市之後，媽媽迷上它的大塊牛肉與澎湃口感，家裡總是會備著。我初到台北念大學時，常常覺得很孤單，陽明山的冬日又濕又冷，我窩在又小又貴的校外宿舍，就著死白桌燈，撕開一碗滿漢全席，麵團放好、打個雞蛋、淋上熱水，用牛肉調理包壓著紙蓋，等三分鐘，就是一頓輝煌的宵夜，吃得又暖又飽才好睡覺。

我曾經很受不了媽媽的任性，她太自我，太享樂主義了，而且她總是「沒個樣子」，穿拖鞋喜歡拖地而行，啪嗒啪嗒，上海人家出身的奶奶老是罵：「那個碧霞！人還沒到，拖鞋聲就到了！」

我小時候很喜歡爬牆，坐在矮牆上晃著兩隻腳，胡亂唱歌。奶奶遠看以為是哪家的野孩子，近看發現是我，氣得罵：「誰教你爬牆的！」我不好意思地笑：「媽媽。」

因為有這樣逸出常軌的媽媽，我才能有如此自由的人生。她從來不要求我要有「女孩子的樣子」，反而會質疑：「為什麼女孩子就不可以？」她甚至幫我推開大門，叫我去玩，放我去飛。

我在婦女新知基金會當董事時，會訊都寄回媽媽家，有天，媽媽拿下老花眼鏡，很嚴肅地跟我說：「我覺得你們太溫和了！講這麼多道理有什麼用！嘖！」同婚運動受挫時，我在家哭哭啼啼，媽媽很有氣魄地說：「怕什麼！不准哭！罵回去啊！下次我去幫你罵！」

我曾經很受不了她的任性與張狂，如今想想，有這樣的媽媽挺不賴，至少我學會：「被欺負不要只會哭，要罵回去！」

陪媽媽慢慢吃飯，慢慢老

朋友的母親最近過世了。去探望她時，她流淚懊悔說媽媽離去的那個下午，吵著想吃蜂蜜蛋糕，那曾經是媽媽每天下午都要吃的點心，自從媽媽生病後，她們配合醫囑，嚴格規範媽媽的飲食，再也不讓她吃蜂蜜蛋糕。

最後的那個下午，她媽媽又吵著要吃蛋糕，孝順的她堅持不給，兩母女吵了一架。當天晚上，媽媽病情惡化，很快地就走了。朋友流淚自責：「她病得那麼重，隨時都會走，只不過是一塊蛋糕為什麼我不滿足她？我幹嘛這麼堅持？」

子女難為，父母難受。處理老父母的飲食真的很難。雖然我老媽還健康得很，但是有些飲食習慣還是常常讓我在心中吶喊：「不可以！」

老媽血糖高，偏又嗜甜，老是買一堆糖分極高的沖泡飲料。那些巧克力、黑糖奶茶的糖分標示，讓我腦袋發麻，又不能罵，老人玻璃心，隨便一句話就能讓玻璃碎滿地，最後還不是得我來收拾。我只能軟軟地規勸她少買一點，再故意把低糖五穀飲放在旁邊，把糖罐子的湯匙換成迷你的，老媽沒耐心，舀個一、兩匙就放棄，不知不覺減糖，還不傷和氣。

再比如長輩都愛的吻仔魚吧。以前物資不豐，蛋白質補充有限，長輩們都視吻仔魚為營養聖品，家裡有人生病，就煮一鍋吻仔魚粥，或來個吻仔魚煎蛋。我們這一代重視環保，我自己絕對不吃吻仔魚，甚至在喜歡的餐廳看到吻仔魚菜單，還會雞婆地對店家曉以大義。

可是吻仔魚是老人家的信仰啊！不過是一碗小魚粥，實在不忍責備，何況她都買了。我只能多訂一些其它的魚存在凍庫，想吃魚粥，隨時有魚可煮，愛地球也愛媽媽。

老媽還有另一個小確幸，每天早晨起床喝咖啡牛奶，吃烤麵包。那是她開始一天的重要儀式。只不過老媽習慣喝即溶咖啡，那裡面的添加物實在讓人心驚。早幾年老媽會用美式壺煮咖啡，還會磨豆子，隨著年紀變大，即溶咖啡還是最適合她，與其看她手忙腳亂，不如別改了吧，精品手沖當然好，但是真正的好咖啡，是讓她開心的咖啡。

除了維持媽媽喜歡的飲食，另一件要做的「大事」，就是調整我的料理菜單。

媽媽很善煮，以前在眷村，叔叔阿姨們最喜歡來我們家打牌吃飯，芋頭米粉、煎肉排、蝦鬆、涼拌黃瓜，都是她的拿手菜。過年時，親戚們走春，我家的餐桌就像流水席，姊姊妹妹們又吃又玩，滿屋歡樂。可惜，再好的宴席總會散去。眷村拆了，媽媽搬到桃園獨居，村子裡一起打麻將的叔叔阿姨們散的散，走的走。這幾年媽媽更是老了，容易累，過年也不辦桌擺酒打麻將了。一個人的晚餐很簡單，去自助餐買條魚，煮鍋熱湯，就著電視吃完一餐，雖然還是有魚有肉有甜點，但總是寂寞簡單。

媽媽偶爾來跟我同住，我便大展身手，出盡大菜，燉牛肉、煎肉排、炒現流透抽配一盤帶花芥蘭，直到我發現，媽媽碗裡老是剩著咬不爛的肉跟青菜，花枝也只吃了一口就放棄。

原來，煮給媽媽吃的晚餐要更柔軟。想起以前看歐陽應霽寫姥姥愛吃鴨腦、糊塗麵，年輕的他想：「這種爛糊的東西有什麼好吃？」後來他才明白，老人牙不好，只能吃軟爛的。

媽媽的晚餐，雞肉得挑雞腿，要燉得爛一些；青菜得挑細軟的，莧菜熬丁香補骨補血最好，清香卻粗厚的芥蘭就得避免；熬湯也得注意，山藥、白蘿蔔、大黃瓜燉排骨很好，玉米、蓮藕絕對禁止。

以前下班前總是跟太太討論晚餐去哪吃，現在關電腦前就得下指令，冷凍庫裡的魚蝦褪冰、飯煮上，回家風風火火用兩個炒鍋，一鍋炒紅燒雞燜著，另一鍋蒸尾鮮魚，最後做個蝦仁滑蛋、炒盤青菜，再把預先熬好的湯端上桌。

下班做飯固然累，可是看媽媽吃得開心，一切都值得了。以前為了做生意吃飯飛快的媽媽，如今得花很多時間慢慢嚼，不急，碗盤慢點收，我們一起把速度放慢，讓她安心吃飯，安心老。

愛的牛肉全餐

有一陣子我很常做牛肉料理。那時太太罹患了第二個癌症，需要做化療。化療期間白血球會降低，抵抗力也會降低，所以要補充很多蛋白質，促進白血球增生。

補充蛋白質最好的食物，就是牛肉，於是好太太我展開一場「牛肉的修練」。其實我會做的牛肉料理不多，最擅長的是燉牛肉、牛肉湯。我抓著水牛書店的柱子大廚問半天，得到一個結論：牛肉料理有什麼難，肉好，料理就好！錢花下去就對了！

我託朋友在好市多買了一大盒牛小排，回家後分裝凍著，每天拿一包出來料理。一開始我只會做牛小排，吃到太太覺得膩了，就上網研究蔥爆牛肉，很簡單嘛！牛肉用太白粉抓一下，入油鍋大火快炒，再放薑絲、蔥段、辣椒，噴點醬油、米酒，快炒到蔥段入味，牛肉也差不多熟了，大功告成！

吃兩頓之後，太太又吃膩了，說想吃泡菜牛肉。那有什麼問題，一樣把牛肉用太白粉抓一下，大火大油快炒，起鍋放著；韓國泡菜切小段入鍋炒香，放炒過的牛肉片，噴點酒，下點蔥段，完成！後來我還做了沙茶牛肉、芥藍炒牛肉，基本原理都一樣。

當時的我，不知道哪裡來的力氣，一邊忙著小貓流的出版，一邊照顧太太，還要寫專欄。我每天在辦公室與廚房間奔波，有時候甚至要帶著稿子陪太太去和信做化療，我常開玩笑說化療室外的小圓桌是小貓流和信分部，有好幾本書稿都是在那裡完成。

儘管悉心照料，太太的白血球還是降低了，如果低於三千，還得打白血球增生的針，強迫身體長出更多白血球。光是想都難受。好太太不怕！我可以做更多牛肉料理，白血球啊，你給我快快長，好好長！

有天晚上，我做了滿桌菜，泡菜炒牛肉、乾煎腐皮、清炒毛豆，外加小館子買來的牛肉豆腐煲、西湖牛肉羹，全部都是高蛋白食物。太太看著滿桌菜，深深地嘆了一口氣：「我真的吃不下。」化療導致胃口不佳，讓她吃什麼都沒味道。而且她本來就愛吃蔬食，討厭牛肉。

「吃兩口也好，這樣才能增加白血球啊。」我好失望，卻只能打起精神哄她。她拿起筷子，一口一口，吃完所有的牛肉。我看著她這麼努力地吃，心好酸。我知道她吃肉不只是為了自己，更是不想讓我失落。

那頓晚餐之後，太太堅決不吃牛，我也放下這場荒唐的牛肉大戰。吃飯要吃得開心，身體才會好，如果勉強吃，只會吃進更多無奈。

偶爾，我還是會燉一鍋牛肉，炒很多青菜，讓她可以交替著吃。或者弄一碗牛肉湯麵打個蛋，也是滿滿的蛋白質。太太愛吃番茄燉牛肉，我就放很多很多番茄，讓燉肉的滋味豐富一些。

燉牛肉挺費功夫，牛肋、牛筋各半，牛肋去肥油後，川燙去血水腥味，備用。牛筋難切，可以請肉販幫忙切好，也可以用電鍋蒸軟了切，或者更懶惰一些，一大塊下去燉爛了再切，都行。

起油鍋，整顆洋蔥切小塊，用奶油跟牛肋去下來的肥油一起炒香，也可以同時下薑片、辣椒、帶皮蒜頭、蔥段一起炒，炒到洋蔥呈半透明狀；番茄切塊下鍋，炒到略有糊狀；下牛肉，炒出微微的牛肉香後，加點醬油、酒、沙茶醬，炒到香味出來了，白蘿蔔切塊下鍋，最後用醬油加水淹過所有材料，滾開後，小火慢燉三到四個小時。

滷肉要好吃，有兩個小秘訣，一是放點蘿蔔，滷汁才會清香；一是多放兩根辣椒，微辣的牛肉更好吃。

花時間與功夫燉爛的牛肉，充滿番茄香氣，白蘿蔔也吸飽滷湯，氣味十足。冰箱裡放一鍋滷牛肉，吃飯時舀一碗當主食，或者煮一碗麵條，連湯帶料地把滷牛肉加到碗裡，灑點蔥花，就是自製牛肉麵了。

我做菜常常是自己在腦中想過一遍，想像各種味道的組合，確定可行後，在上網隨便看一下做法，到廚房再臨場發揮，非常隨興。燉牛肉可以加滷包，也可以用沙茶調味；肉可以選用腱子肉，也可以用肋條、牛筋，愛吃啥放啥。

其實只要太太願意吃，白血球可以乖乖攀升到三千，幫助她熬過化療，我做什麼都願意。

人生做的第一道菜

我人生做的第一道菜，是千島醬生菜沙拉。小學時忘了跟誰去西餐廳開洋葷，吃了千島醬沙拉，驚為天人，一直惦記著要回家做給爸媽吃，讓他們也開開眼界。現在想起來真是單純可笑，爸爸曾經外派，又一天到晚泡在夜總會，怎麼會沒吃過沙拉。

我精心料理的千島醬生菜沙拉，上桌模樣非常慘烈，生菜沒有瀝乾，更別提先用冰水冰鎮了，生菜濕答答，醬汁一坨坨，實在不美味。儘管如此，我還是很假會地分成四小碟，擺個小番茄點綴。媽媽跟弟弟一臉嫌棄，碰都不碰，平常嚴厲的爸爸卻把整盤吃完，還不停讚美我的手藝很好。收拾碗筷的時候，爸爸才教我，菜葉要泡冰水才會脆，淋醬前要先瀝乾才不會太濕。

我跟爸爸常常吵架，只有在做菜、讀詩的時候不吵架。我才十歲，寫的詩很爛，做的沙拉很噁心，但爸爸喜歡，還是稱讚，還是吃光光。

覺得自己不被愛的時候，想起吃沙拉的爸爸，就明白那是愛啊。

我現在可會做沙拉了。首先，先到高級超市買綜合沙拉菜葉，根據我不負責任的比較，微風超市的生菜比City's Super的便宜又好用，起士跟火腿也比較便宜。

把冰涼的菜葉用過濾水洗乾淨後，放在特殊的濾水籃裡，轉動把手，用離心力把水分甩掉。拿個漂亮的玻璃大碗，把菜葉、切好的番茄、彩椒、小黃瓜放進去，月初領薪水的時候，還可以加碼幾片生火腿、煙燻火腿、辣味沙拉米，上面再撒點烤香的堅果。

沙拉淋醬也看心情，有時間就調點芥末子醬，半顆檸檬、一小匙蜂蜜、一小匙法國芥末子、兩大匙橄欖油、一點點鹽、胡椒，攪拌好，淋在生菜上亮黃亮黃，很漂亮。忙的時候就把紅酒醋、橄欖油、鹽、胡椒，直接淋到沙拉碗裡，攪拌均勻，就可以上桌啦。

雖然我已經很會做沙拉，而且不再吃千島醬，偶爾想起我人生做的第一道沙拉，還是覺得開心有趣，因為爸爸吃完了，那是愛。

不管我們吵得多兇，餐桌上，只有愛。

幸福甜膩的芝麻湯圓

冬天一定要吃芝麻湯圓。天氣再冷，生活再苦，吃碗冒著煙的芝麻湯圓，嘴甜心暖，彷彿就能回到童年，那樣容易滿足，那樣幸福。

我小時候住的眷村裡，有個有名的三廠菜市場。當年的爸媽是不做早餐，也不接送小孩的，每天早晨，我們都是拿零用錢到菜市場吃早餐，吃完自己上學。

我每天早上都面臨抉擇。弟弟跟鄰居玩伴們都喜歡吃有名的魏家麵店，他們的炸醬做得又香又濃；可是我喜歡康家麵店，湯頭清爽，卻有榨菜的香鹹，豆芽菜也比較多，再撒點胡椒，真的非常好吃啊！

在好吃與同伴間，我選擇好吃，這只是早上的第一個「抉擇」，到了康家麵店，才是真正艱難！早餐當然得吃熱湯麵，但是「芝麻湯圓」也好誘人，小小的我，小小的胃，少少的零用錢，面對天大的抉擇。

幸好，康家麵店知道小孩心裡苦，笑咪咪答應讓我在陽春麵裡加顆芝麻湯圓。可是我還想加荷包蛋啊！心裡千回百轉後，決定放棄下課的冬瓜茶，笑得像個傻瓜一樣點了：「陽春麵一碗，要加半熟荷包蛋跟芝麻湯圓喔！」

麵上桌後，簡單拌一下，先喝口湯，再吃口麵，小心翼翼吃口荷包蛋，最好是湯匙裡同時有湯、有豆芽菜，還有一小口半生熟的蛋黃蛋白，最差勁的吃法就是粗魯地把蛋弄破，蛋黃全部流出來，搞得整碗湯又髒又糊，蛋黃要微微流出來才對！

麵條跟荷包蛋吃完後，還要留幾口湯配湯圓。珍貴地咬破湯圓皮，看著黑摸摸的芝麻餡緩緩流到湯匙上，輕啜一口，甜滋滋好開心，接著豪氣地把整顆湯圓大口大口吃了，再用碗底的湯做個完美的句點。這碗莫名其妙的麵，是我亂七八糟的童年裡，少數的美好了。

可惜後來村子拆了，菜市場也搬走了，再也吃不到「荷包蛋芝麻湯圓陽春麵」，當年，一碗麵才十元啊。

中年後，我愛上鼎泰豐，在生活裡跌跤了，就去鼎泰豐吃點小籠包、菠菜炒腐竹，這個世界有很多意外與挫折，但鼎泰豐永遠那麼好吃，永遠沒有意外，真讓人安心。最重要的是餐後一定要來碗酒釀芝麻湯圓，濃濃的酒釀裡，飄著鵝黃色的柔軟蛋絲，蛋絲中間又躺著兩顆小巧的芝麻湯圓，再點上幾個鮮紅枸杞，看著都療癒，趁熱喝，身體暖了，心也暖了。

人長大了，不能隨便放聲大哭，想要賴的時候，就吃碗芝麻湯圓吧，甜甜膩膩，想想小時候那些包容的笑容，那些微小的愛，無論如何都還是有過幸福啊。

第二部

吃飽睡飽，人生不怕

最終拯救我，告訴我人生也沒那麼壞的，都不是輝煌燦爛的成功，而是安靜在廚房熬湯的短暫時光，湯滾了，煙霧蒸騰裡都是香味，舀一碗真心實意熬的湯，慢慢喝完。

日劇《四重奏》裡，真紀對小雀說：「能夠哭著吃飯的人，一定可以活下來。」我也曾經哭著吃飯，告訴自己要勇敢，要趕快長大。

一定會有茫然的時候啊，起床後，莫名地心慌，不敢出門，不想面對這個世界。不要急，先好好吃早餐，安安靜靜地把咖啡喝完。告訴自己：

「世界再亂，我還是擁有一個寧靜的早晨，一杯咖啡、一片吐司。」

吃飽睡飽，人生不怕

生活是很困難的。雖然我出版的書，我寫的文章，甚至我這個人，每天都像個無可救藥的樂觀射手，掛著傻瓜般的笑容，一副很陽光正向地追著夢想跑。

其實我心裡清楚，人生實難。

出版《去你的心靈大師》時，我為它寫了一段文案：「讓人值得活的，不是幸福本身，而是，儘管生活如此悲哀，我們仍拚命追求快樂。」

每天，我們奮力馱著破碎的自己往前走，永遠覺得自己不夠好，永遠渴望完美，不斷地自我折磨。

可是，沒有人是完美的啊，沒有什麼樣的人生絕對幸福，誰的日子不充滿屎一般的爛事，我們在這樣的生活中，努力讓自己過好，把自己塞進大社會裡，假裝是個正常人。出門前費心打扮，就算膽怯，也要站得直挺挺地，面對世界。

光是做到可以整整齊齊地出門，把該做的事情做完，就已經很好了。回家後，把志氣放光，變成軟趴趴的人也沒關係。做點讓自己開心的事吧。

累到不成人形的時候，我不會去睡覺，反而會窩在廚房，為自己燉一鍋湯。一樣一樣把材料洗好、切好，整齊地排在砧板上，彷彿外面那些亂七八糟的事情也被清洗了；水滾，把材料放進去，剩下的交給時間。湯在爐上熬著時，就去小睡一會，睡飽了，湯也好了，安靜地慢慢喝湯，想起樂觀的水瓶阿母說：「吃飽飽，睡飽飽，人生還有什麼好怕的。」

還是菜鳥記者時，我常常寫稿寫到半夜。有次實在太疲倦了，我一邊想著冰箱裡的望安瓜，一邊寫著無趣的稿子，最後一個字寫完，送出，就毫不猶豫衝到玄關穿雨衣，在颱風大雨中衝到二十四小時營業的超市，買一尾烏魚一塊薑，回家煮魚湯。

只開了爐台燈的廚房，昏黃安靜，從寶特瓶裡夾幾片望安瓜，小湯鍋裡裝點水，滾了放蔥段薑片望安瓜，再放鮮魚，湯滾好滴幾滴米酒，就可以上桌了。

窗外雨聲轟轟，我的餐桌卻很寧靜，一盞燈、一碗魚湯，一個被退稿的菜鳥記者慢慢喝湯。

最終拯救我，告訴我人生也沒那麼壞的，都不是輝煌燦爛的成功，而是一個人在廚房熬湯的短暫時光，湯滾了，煙霧蒸騰裡都是香味，舀一碗真心實意熬的湯，慢慢喝完。

提醒自己：莫慌莫忙，吃飽睡飽，人生不怕。

安靜的早餐時光

很年輕的時候，我的情緒狀況不太好，常常憂鬱、焦慮，無以名狀地悲傷，無法把自己安頓好。當時，胡因夢聽了我哭哭啼啼的描述後說：「你需要一個生活儀式，不管是吃飯、靜坐、瑜伽，什麼都好，在生活中找件事情儀式化地做，人才能穩定下來。」

雖然我聽不懂什麼是把生活小事儀式化，也不確定那些混亂是否會因此停止，但我還想照著做，畢竟沒有人喜歡生活一團亂。我試過瑜伽、靜坐、抄經書，後來發現，儀式不能刻意，得從生活中本來就在做的事情裡找，才能長久。

一陣慌亂尋找後，我發現對我而言，最能夠規律的儀式是「早餐」。我通常是家裡最早起的人，梳洗後還沒醒透，就晃到廚房做早餐。週間喜歡簡單的早餐，奶油先拿出來退冰，冷凍庫的麵包灑點水進烤箱，等麵包時就煮咖啡。濾杯濾紙放好，熱水沖過，倒掉，然後再細細慢慢地繞圈，沖好一杯手沖咖啡。混沌的心神，隨著沖咖啡的熱水香氣，慢慢地醒了。

吃早餐，也是一天中最安靜的時刻。伴侶還睡著，也沒有任何公事訊息，我一個人慢慢吃。住花蓮時，在院子的小欒樹下吃早餐，欒樹是從小種子種下的，還比人還矮，葉子招搖可愛；回台北後，就在小陽台吃，雖然是市中心，窗外卻正好有兩棵大樹，起風時，還是能看樹搖晃。咖啡杯、餐盤都用了十來年，奶油也是日常喜歡的艾許奶油，世界彷彿被按下暫停鍵，時光停在這裡了，不慌不忙，不吵不鬧。

唯一改變的是小狗。以前沒有養狗，就翻翻書，看看樹；現在有了小狗，得分她幾口沾了奶油的麵包，得騰出手來摸摸她。以為時光停了，低頭卻看見小狗長大了，自己老了胖了。

在十幾年來養成的早餐儀式裡，我慢慢學會享受安靜，年輕的毛躁也許是被儀式安撫，也許是被歲月，總算是好過一些了。焦躁時，邊喝咖啡邊安慰自己：「不怕不怕，什麼鳥事沒經歷過？還不是在這裡好好地吃早餐嗎？」憂鬱時，就放任自己在傷心裡泡一下，不急，至少還有一杯咖啡的時間可以低落啊。

過日子就像打仗，少不了兵荒馬亂，甚至偶有傷亡。那就是人生啊，混亂是常態。幸好我還保有一頓安靜的早餐時光，誰也奪不走。

ÉCHIRÉ
Beurre de Baratte
d'Excellence
DOUX
30g

必須華麗的週末早午餐

如果說週間樸素的早餐讓人穩下心好好過日子，那麼，週末早午餐就必須放縱，來一點奢華氣味，假裝自己的破爛人生還有希望。

週末必須睡到飽，生理時鐘把人鬧醒後，不急著起床刷牙，要死賴在床上，玩手遊、追劇、滑臉書，甚至逛購物網站，逛累了繼續睡，睡到下午一、兩點才甘願。

下午醒了也不急，晃到廚房看心情做早餐。夏天做生火腿沙拉。生菜洗好撕小口甩乾，切點番茄、芒果、鳳梨，掰幾塊起士，最後鋪上一層生火腿，淋上自製沙拉醬就完成啦。沙拉醬要自己做的才好，一小匙第戎芥末籽、兩大匙初榨橄欖油、半顆檸檬、一匙蜂蜜、一小搓鹽、磨點黑胡椒，再用打蛋器把醬料打勻，淋在沙拉上，絕對比超市買回來的調味料美味。既然是週末早午餐，追求的自然是鬆散，生菜水果冰箱裡有啥用啥，沙拉醬也不用小心翼翼地秤重，快樂比精準重要，舌頭比秤子靈敏。

冬天的早午餐則要熱騰騰冒著煙才行。縮著身體晃進廚房時，先把烤箱預熱，讓小廚房慢慢暖起來。馬鈴薯削皮切小塊，鐵鍋扔點奶油、橄欖油，先放根水牛書店大廚做的西班牙煙燻紅椒香腸、再扔幾塊馬鈴薯，肉油撲ㄘ撲ㄘ在鍋裡滾，把馬鈴薯煎得金黃，就可以入烤箱啦，記得順手丟幾片麵包一起烤，省火嘛！咖啡煮好，馬鈴薯臘腸也煎好了，上桌前灑一把九層塔，葉香解油膩。

這麼費心做的早午餐，自然要慢慢吃，看幾頁書，玩一下小狗，在臉書按幾個讚，講些廢話發點廢文。這才是理想的週末早午餐啊。

長大成人後，很難再有藉口當廢人，工作時要放下自我，照顧父母時要放下我執，萬一養了孩子，更要捨棄生活。

真心覺得長大好累，小時候為什麼一直盼望長大呢？大概是天真地以為長大了就能為自己做主吧？以為可以自由自在，想幹嘛就幹嘛。

「不是這樣的，傻孩子。」真想跟小叮噹借台時光機，回到八歲那年，跟因為不肯吃紅蘿蔔挨罵，哭得亂七八糟想趕快長大的我說：「長大以後你唯一能做主的，就是不要吃紅蘿蔔而已。」

長大了，有太多不得不，必須振作地活著。唯有週末早午餐，可以合理發懶耍廢，那是從窮忙生活裡偷出來的一點奢侈，必須用好食材，必須浪費大把時間，廢到極點才心滿意足，才能心甘情願接受下一個禮拜的糟蹋。

再苦，都還有鮮奶油蛋糕啊

我非常愛吃，吃對我來說，不只是吃飽這麼簡單，吃，是心靈的撫慰，是活著最大的盼望。

遇到重大挫折，得喝碗熱湯，鎮定心神；碰到鳥事，一定要來份鹹酥雞，加很多蒜頭跟胡椒，臭死這個世界；累到說不出話的時候，只有鮮奶油蛋糕可以拯救我。

鮮奶油蛋糕之於我，就像是天上飄著白雲朵的好日子，那麼地美麗、晴朗，飛起來一般的快樂。

小時候只有生日可以吃到奶油蛋糕，老派厚重的奶油蛋糕，上頭會放一朵奶油做的玫瑰花，蛋糕邊還要滾一圈用人工香精做成的粉紅色花圈。這種蛋糕已經很難買到了，現在講究養生、輕盈、細膩，哪還會有這種油膩膩又充滿人工味的奶油蛋糕。

但小孩子不怕油啊，更重要的是，生日那天終於不用爭寵，最好的都是我的，那朵玫瑰花無論如何要獨享，旁邊的櫻桃也一定要搶到手！奶油蛋糕代表的，是一年一度理直氣壯的霸道。

到台北念大學時，第一次吃到紅葉波士頓派，不起眼的蛋糕，卻充滿奶香味，蛋糕輕柔得像棉絮，我吃著吃著，心都融化了。大學生窮，只吃得起一小片，畢業後第一次領到薪水，我迫不及待去紅葉買一整個波士頓派，像個儀式，覺得自己終於長大，有錢吃得起整個蛋糕。後來我當然知道，紅葉有名的是黑森林，而波士頓派根本哪裡都有，不稀罕。可是在我這個鄉下小孩心裡，那塊波士頓派是全宇宙第一名。

漸漸地，身邊的人都知道我愛吃鮮奶油蛋糕。當我的太太因為癌症開刀時，我強打著精神去上班，同事默默地在我桌上放了法朋有名的二十二階蛋糕；花蓮的朋友來台北出差，特地在飯店買了昂貴切片蛋糕，走到我辦公室樓下，慎重地遞給我，要我好好照顧自己。我拿著蛋糕，看著朋友遠去的背影，忍不住哭了，我好想念花蓮的純樸與無拘無束。我含著眼淚，吃下朋友特別準備的蛋糕，相信一切壞的都會過去。

我吃了無數的鮮奶油蛋糕，從台灣吃到日本，從瑞安街的果果，吃到寶塚大劇院旁的經典鮮奶油蛋糕，每次舀一大匙鮮奶油放進嘴裡，都覺得也太幸福了啊！

最近我的鮮奶油蛋糕又升級了。我從德國朋友那裡得到食譜，一比一份量的鮮奶油、原味優格、馬斯卡朋起士，少許的糖或蜂蜜，用高速打發，很容易就蓬鬆，簡單得不得了。於是這個草莓季，我只要累到想哭，就鑽進廚房做一碗鮮奶油草莓，非常奢侈的滿滿的鮮奶油，再放上好多草莓，真的好奢侈！

每次當我捧著鮮奶油蛋糕時，總會有人大驚小怪：「天哪！你會胖死！精緻糖不好！不要吃甜點啊！」

拜託喔，日子已經夠苦了，快哭出來的時候，連吃塊鮮奶油蛋糕都不行，想逼死誰。

終於成功的草莓果醬

二十年前吧，我對一直寫稿感到厭煩，突發奇想，決定去賣餅乾，脫離採訪寫稿的記者人生。

那時候手工餅乾還沒那麼普遍，我風風火火買了幾本烘焙食譜，再去烘焙材料行掃了麵粉蘇打粉杏仁粉糖粉，還買了幾個可愛的餅乾模型，試做幾次之後，就開門做生意了。

我當時有三群大客戶，一是弟弟結婚，老媽跟我訂了幾十包杏仁雪球；一是壹傳媒的前同事，聖誕節時下單買了客製化的薑餅人；另外就是來家裡借景拍戲的劇組，也買了好多餅乾。

其實除了賣餅乾，我當時還有個雄心大志，賣果醬。雖然我並不會做果醬。不會沒關係，學就好了！我的人生從來就沒在怕的！

我在網路上看到五星級飯店的廚房有果醬課程，繳了一千元，興高采烈去上課。哪知道根本是堂「英文課」，五星級飯店的甜點主廚是外國人。一進廚房，每個人先發一份英文食譜，還有不少工作人員隨侍左右。現在回想起來，我應該是誤闖貴婦消磨週末的烘焙課，好多媽媽帶小孩來學。工作人員詢問是否需要翻譯，我正想點頭，眼前幾個毛頭小鬼卻很有自信地說：「不用。」媽媽們則一臉驕傲。我怎麼說得出口我需要翻譯啊！

糖漬、熬煮、果漿、揮發、濃稠感……這些英文平常根本用不到！課程也沒有實做，只看主廚在小鍋子裡裝滿草莓，巧妙地舀一大匙麥芽糖，灑點我沒聽清楚的粉末，攪啊攪，就攪出漂亮的果醬了。

我太不甘心了！雖然我都聽不懂，但是，一千元都花了，我一定也要做點什麼才行！我跑去買了兩盒草莓、一罐麥芽糖，幻想我也能攪出一鍋鮮豔漂亮的果醬。我到底是哪裡來的自信！草莓入鍋沒問題，問題出在黏鍋的麥芽糖啊！麥芽糖一倒進去就黏鍋，根本攪不動！我不死心想要硬攪，竟然變成一整鍋冒著草莓焦糖香味的瀝青，表面還咕嚕咕嚕冒泡泡。草莓果醬沒做成，還賠上漂亮的琺瑯鍋！如果那時候就有婦仇者廚房，我一定可以上封面！

我的果醬事業變成一場笑話也就算了，我更是從此不敢做果醬。直到移居花蓮後，第一次遇上桑葚季節，家家戶戶熬果醬，種菜的阿姨教我：「不用麥芽糖啦吼！你就一層桑葚、一層冰糖，一層桑葚、一層冰糖。很簡單啦！」我半信半疑照著做，居然成了！

今年春天，草莓大出，我又回到花蓮，跟有機草莓園的農夫買了一箱草莓，巴著他問：「草莓果醬到底怎麼做！麥芽糖怎樣才不會黏鍋？要怎麼漬？」農夫輕鬆地說：「用糖醃半天，然後下去煮，可以擠一點檸檬，顏色會比較漂亮，大概就這樣。」就這樣？不用麥芽糖？

我回家後依樣畫葫蘆，先把草莓用糖漬半天等待果膠，然後拿個小鍋，一層草莓、一層冰糖，再擠點檸檬，煮個半小時，草莓果醬就完成了！雖然沒有煮出果膠，自家吃很足夠了。煮果醬那晚，我們家飄著濃濃的草莓香，我知道，我又跨越了一個人生障礙，從這一天起，我會煮草莓果醬了！

人生總是這樣的，一定會有亂七八糟鬼打牆的時刻，過了就好。人在江湖走，哪有不跌倒。但總會有那麼一天，因緣俱足，看似無法跨越的失敗，輕輕鬆鬆就跨過了，終究可以熬出成功的草莓果醬。

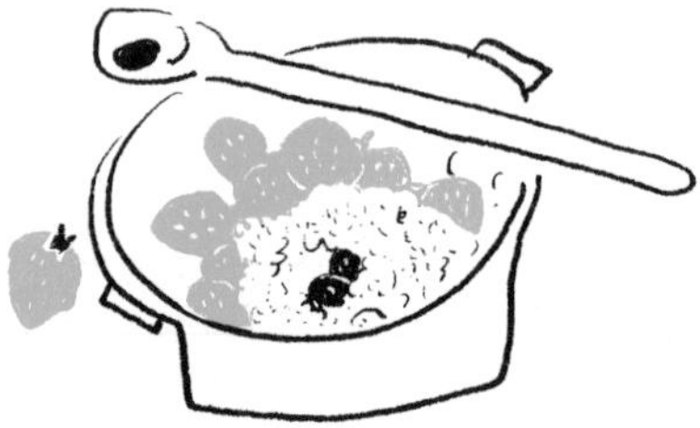

醬油烤雞蛋

離開新竹，到陽明山文化大學讀書的頭一年，我被山上的寒流嚇到，整天打顫喊冷，溫柔又美麗的學姊教我做「醬油烤雞蛋」，她說：「寒流夜吃熱雞蛋就不冷了喔！」

做法很簡單。小碗先塗一層奶油，防沾；碗裡打顆蛋，輕輕地把蛋黃戳破，讓蛋黃液稍稍流出來；在蛋的正中央放一小塊奶油、四周淋點醬油；入小烤箱烤十分鐘。醬油烤蛋完成！

別小看這碗烤蛋，時間掌握好，蛋白邊緣會有點焦脆，蛋黃有奶油香，烤過的醬油更帶點焦糖鹹香，真的非常好吃啊！常常嘴一饞，就吃個兩、三碗，欲罷不能。

醬油烤雞蛋，也為我換來一份延續一生的友誼。當年，華岡之狼猖狂，文化大學的女學生都很害怕，我們認識的女同學也被華岡之狼脅迫，幸好她嚇得放聲尖叫，色狼倉皇逃走。我們求助學校，校方只教女學生門窗要關好，根本一點屁用都沒有！

女研社的我們決定自救。我們找了會畫圖的學姊，根據女同學的描述，畫出華岡之狼的肖像，把肖像影印了，在校園四處張貼。除了保護女學生外，也要警告色狼：「我們已經知道你是誰了！別想再出來！」

貼海報的那天，寒流來襲，我們的心卻滾燙著，為自己在女權低落的校園「行動」而激動。面對可惡又可悲的世界，哪怕我們能做的這麼有限，也一定要行動！

貼完整疊海報後，天都黑了，我跟陪到最後的小大一學妹說：「走吧！請你吃烤蛋！」回到我租的小窩後，我讓她在「餐桌」邊等著，其實哪是什麼餐桌，根本是用賣場不要的過期大瓶果汁當桌角，上面墊塊木板，鋪條桌巾，就變成矮餐桌了。

我就著窗邊的便宜小烤箱，做了醬油烤蛋，我們很快地吃完，又各自追加一碗，身體暖呼呼的，兩個傻瓜終於放鬆地相視而笑。我們吃得很樸素，做的事情也很簡單，心裡卻踏實滿足。

隔年，華岡之狼落網，學妹也轉學到政大。畢業後，我們在不同的領域努力，也繼續參與性別運動。後來學妹移居台南，我們每年都會在台南相聚，吃豐盛的火鍋，享受台南的溫體牛肉，有時候還開車去吃紅蟳、野生吳郭魚，甚至去七股魚塭吃蚵仔沙西米。

我們的物質豐富了，友情卻仍如當年那碗烤雞蛋，簡單、樸素，卻溫暖入心。

深夜的豬腳便當

高三那年，我跟死黨施愛華放下模擬考，偷跑到台北看雲門。戲散後，我們兩個狂奔趕最後一班巴士回新竹。死黨邊跑邊大聲說：「我不喜歡台北，人好多！」我大笑回她：「我好喜歡台北，人好多！」

高中畢業後，死黨留在新竹，我則到台北求學、闖蕩。如今，我住在台北的歲月，早就遠超過新竹。

初到台北時，我真的好孤單，好不安，身邊沒有熟悉的朋友，在寒流來襲的冬天，沒出息地打給死黨哭訴。沒幾天她就上台北看我，我很高興地帶著她在校園繞，我們坐在曉園看夜景時，我又講起在文大很孤單，死黨狠狠教訓了我一頓：「你考上大學就給我好好珍惜，有出息一點！我一直覺得你會出人頭地，真的！不要在這邊哭哭啼啼了，沒用的傢伙！」

被狠罵一頓後，我吸吸鼻子，不再一天到晚想家，我學著獨立。是啊，我已經不再是小城裡的高中生了，我應該要好好學習在台北生活。

我找了幾家喜歡的小吃店，練習在台北安身立命。文大有名的牛肉拌麵、學校食堂的蒸蛋與地瓜沙拉、麥當勞旁的豬排飯……，這些小店變成我的第二個廚房，讓我在台北好好地活下來。

從此不管去了哪裡，我一定會在當地找一家小館子，變成我的第二個廚房，讓我在肚子餓時，可以吃頓熱鬧熟悉的晚餐。

田園台菜就是我的小廚房之一。田園在東豐街上，小小的入口旁，有扇小窗，老闆小倩就在窗裡扛著大鍋大火快炒。入門後，有條小小的走道，兩旁擺著一大箱新鮮的紅蟳。再往裡走就是餐廳，擺著簡單的小方桌、大圓桌。

田園是名店，卻沒有名店的虛張聲勢，有炸蝦餅、肉羹湯、蚵仔蛋、炒鱔魚這樣的日常菜色；也有紅蟳米糕、砂鍋魚頭等大菜。更重要的是，田園從掌廚的老闆小倩，到外場阿姨們都直爽真誠，就像我的阿姨們那樣熱情開朗，看到我總是大聲地問：「晚餐想吃什麼？要吃飽喔！」

我平日不點大菜，只點大腸拼盤、肉羹湯、炸排骨、炒高麗菜，從來不用擔心點得不夠多、不夠貴，要看臉色，只要客人吃得開心，阿姨們也就開心了。

有陣子，我就住在田園對面，下班後帶小狗晃到小窗前，點一份炸蝦餅，就跟小倩聊起來，她為我倒杯啤酒，我喝酒，她炒菜，順手往我的便當盒裡多放幾塊肉。蝦餅炸好後，我就拎著肉，再買罐啤酒，走到小公園享受這份簡單的晚餐。

後來搬得遠一些，少去了，但每年朋友間的尾牙一定要去田園，一定要有砂鍋魚頭，小倩總是把我們的火鍋弄得超級澎湃，料堆滿成一座山，火鍋上桌，一定要用力拍手。我們都是離家到台北求生存的人，跟家鄉的親人早就遠了，回家過年總是有壓力，先跟在城裡互相照顧的朋友來個小圍爐，才算結束舊年，開始新年。

前幾日，我又忙到十點才下班，累到覺得自己好破碎。抬頭張望，街上餐廳都打烊了，我路過田園，遠遠看到燈還亮著，也不管營業時間已經結束，反正門開著我就進去，嚷著：「我好餓，我好累！」嚷完才發現店裡在開會，氣氛有點凝結，我這餓死鬼去得剛好，大家都趕快站起來幫我張羅，小倩翻了翻桌上正在放涼的豬腳，叫我自己抓一塊來吃，阿姨幫我裝了盒肉燥，小倩往便當盒裡塞了兩塊油亮的豬腳，叮嚀我要吃飽一點，不要這麼忙。

我聽著她們的叮嚀，望著便當盒裡的豬腳，眼睛酸酸的。其實，在台北生活也沒那麼孤單，還是有很多幸福的片刻啊。吃飽了，就什麼都不怕了。

想念溝仔尾的烤魚店

我曾經在花蓮住了四年，那是我人生中最緩慢寧靜的時光。雖然是太太想搬到花蓮，可是她第二年就回台北工作，留我在花蓮獨居。

獨居生活自在安靜。我常一整天都窩在家裡寫文章，晚上才晃到米噹買份烤魚當晚餐。花蓮的米噹烤魚現在可紅了，在重慶市場旁開了好大一家，幾十張桌子，晚到還得排隊。但我最早認識的米噹，是間開在溝仔尾的小店，只有兩、三張小桌子，一個小烤爐，老闆昇哥天天站在小爐子前烤魚。

昇哥跟我一樣是外地人。我從台北來避難，想把職場人際全部丟掉；昇哥從台中來躲情，想把愛情統統丟掉。昇哥喜歡釣魚，也很會烤魚，釣友們就慫恿他在溝仔尾花三千元租個小店面，開烤魚店。

我們在小魚店認識，知道彼此都在梳理人生，可是我們不談人生道理，我們聊日常，今天的漁獲、巷子裡的狗，職棒誰輸誰贏。夏天的時候，叫份烤魷魚配一瓶台啤，就是最完美的晚餐。

更熟了之後，昇哥知道我喜歡吃透抽的內臟，大讚我識貨，有一次他特地搜集了滿滿一碗內臟，煮成一鍋泰式酸辣湯給我喝，那碗湯真的超好喝，爽度爆表，喝完真的頭都昏了，只能傻笑。

我搬回台北不久後，昇哥也搬離溝仔尾，生意越做越大，五萬元的二手車，換成賓士，小烤魚店變成名店。每次回花蓮，我一定要去米噹，除了想吃魚，更重要的是回來看看老朋友。

我們會站在大馬路旁抽菸，看著人聲鼎沸的烤魚店，昇哥總是會嘆口氣說：「還是最懷念溝仔尾小店，自由快樂，現在要扛很多人的生計。」我也好想念在溝仔尾小巷子，常常帶著朋友送的鮮魚，跑去找昇哥求救，在小巷子的水泥洗手檯學會剖鰓、去內臟、刮鱗片、切分。

日子只能往前，花蓮的溝仔尾改建成停車場，小店全部遷走，那些美好的小情懷，也早就回不去了。我們在生命之流裡浮浮沉沉地往前游，不可能回頭。

幸好變大的米噹的烤魚還是一樣美味，甚至還多了很多新菜色。每次在台北精力耗盡回花蓮時，一定要去米噹，昇哥總是會幫我多烤幾尾魚，端上桌時還要加一句：「快吃！我怕你回台北餓瘦啊！」

雖然是句玩笑話，卻覺得好溫暖。昇哥，你應該看得出來我一點也沒變瘦，還胖了啊。

小資女的海鮮小火鍋

曾經有個挺有錢的朋友輕蔑地說：「我才不去外面吃火鍋呢，花錢還要自己煮。」窮酸的我心裡反駁：「吃小火鍋的樂趣，不是你這種貴婦可以理解的！」

一個人吃小火鍋，有種好好用餐的慎重感。而且吃小火鍋有種奇妙氛圍，也許是鍋物的熱氣蒸騰，也許是專心在每一次下鍋的工序，以及認真品嘗的一心一意，吃小火鍋時，簡直像是被自己的小宇宙溫暖地擁抱著，紛擾退去，全世界只剩下海鮮與我。

火鍋沾醬一定要放縱，必須有醬油、沙茶，很多大蒜很多蔥一點生辣椒，最後打一顆蛋黃，調蛋黃沙茶醬。還有什麼比大蒜蛋黃沙茶醬更香濃好吃的沾醬！小時候不會打蛋黃，老是把蛋白也打進碗裡，大人恐嚇我：「你完蛋了，沙茶醬沾到蛋白會中毒，你會死掉！」幼小的我深信不疑，很小就會把蛋黃打得漂漂亮亮，直到四十歲的某一天才發現這根本是騙小孩的鬼話吧！我也太好騙了！

弄完沾醬，湯也滾了。先撕些高麗菜放入鍋裡，然後放番茄、榨菜、南瓜、豆腐，先加蔬菜，湯頭才會甜。海鮮盤要先放蛤仔，讓湯頭滾出甜味；接著放蝦子，讓味道更濃厚；花枝要放小網子，萬一滾到角落縮成小塑膠片，就太對不起死去的花枝了；魚片要放最上面，耐心等待，千萬不要亂攪一通，魚都死了還被弄得支離破碎，也太淒涼。

吃小火鍋最重要的是「加湯」這個步驟，千萬不要貪多，最完美的湯頭份量是下附餐時只剩下三分之一，鮮味才不會被稀釋。海鮮、蔬菜吃得差不多，就可以下冬粉煮個五分鐘，吸滿湯汁的冬粉超級美味，偶爾吃雜炊飯也很美妙。以前遇過一家講究的錢都，甚至會為海鮮鍋附上一小杯米酒，小店的小講究，更讓人感動。

嫌棄小火鍋的貴婦朋友怎麼能理解，平凡的我們，日常是窘迫的。下手買包要衡量許久，知道真皮包耐用有質感，真要刷個五千一萬，那張卡怎麼樣都拿不出來。知道今年流行白色球鞋，可是隨便一雙都要三、五千，萬一下雨踩髒就完蛋了，還是放回架上，挑雙花的吧，騙自己流行易過。

錙銖必較的日子，只有海鮮火鍋能夠救贖。跳過便宜的肉片鍋，豪爽地來個海鮮鍋，甚至小海陸，告訴自己：「這點東西還吃得起！」然後珍惜入鍋工序，帶著微笑，幸福地吃完一整鍋海鮮，肚子飽了，心也爽了。告訴自己：「生活也沒那麼慘啊，我可是吃了一大份海鮮鍋呢！」

夏天，啤酒，鹹水雞

夏天到啦！又是鹹水雞、啤酒、棒球的日子了！

每到夏天夜晚，我幾乎都不吃「正餐」，一進廚房炒個菜就全身大汗，累死了！夏天不做菜啦！夏天啊，就該吃小菜配啤酒！

鹹酥雞易胖，最好的就是鹹水雞。切了滿滿一大袋的雞肉、蔬菜，回家攤在大餐盤上，插幾支竹籤，開一瓶啤酒，再看個棒球，如果那天是兄弟象贏球就更完美了，要是像平常一樣輸球，至少還有鹹水雞啊！

買鹹水雞的過程也充滿樂趣。鹹水雞小販架個大臉盆就開門做生意啦！小時候，媽媽總是夏天正午就把同樣的大臉盆裝滿水，放在院子裡曬太陽，傍晚我跟弟弟一身臭汗回家後，衣服一脫，就往水盆裡跳，老媽唏哩呼嚕洗好兩個小孩。

夜市的水盆不裝小孩，而是裝滿雞肉蔬菜。挑半隻雞去骨，再挑五樣一百的鹽水蔬菜，黃瓜、筍子、金針菇、小雞蛋、茭白筍、百頁豆腐……，挑齊了，就換老闆上場！塑膠袋架好，就開始「剪刀秀」了！每個鹹水雞小販都好會剪肉，簡直庖丁解牛！便宜的剪刀在雞架裡翻出花，還看不清手勢，雞肉就剝好，放進小臉盆，雞骨則順勢扔進旁邊小桶子。肉跟蔬菜剪好後，撒把蔥花，加一大匙蒜蓉，淋兩圈鹹水，再高高地撒幾下胡椒鹽後，就要開始進入第二個高潮，搖雞肉啦！

我見過最會「搖」的小販，是在淡水的英專路夜市，他簡直是「用生命在搖」。屁股帶動了腰，腰再牽引著手，小臉盆的雞肉蔬菜節奏統一地舞出一圈又一圈弧線。小攤旁圍滿了人，老闆只專注雞肉的小宇宙裡，眼睛帶著頭，隨雞肉上下擺動。小盆子雞肉搖好後，老闆騰出一隻手，快速地攏一下，整盆肉嘩啦滑進塑膠袋，老闆再用另一隻手，騰空甩個兩圈，袋子就算綁好了，咻地，遞到客人面前！

至於台北市中心，也有兩家很特別的鹹水雞小販。一間是小店面，開在熱鬧的忠孝東路騎樓下，每到深夜總是黑頭車聚集，聽說樓上有高級酒店。每當我踩著拖鞋，穿著大寬褲去買鹹水雞時，總會看到穿晚禮服，踩著高跟鞋的小姐們妖嬌進出，我羨慕她們華麗優雅，也許她們羨慕我邋遢自在（並沒有）！這家小販的菜色很多，開得也晚，深夜嘴饞不妨參考。

另外一家開在大安路口，煙燻口味一雞難求，買到賺到。老闆娘很有個性，有回我牽著小狗去買肉，小狗貪戀肉味，一直掙脫牽繩，不小心略略靠近了打扮時尚的前排客人，我吃了好幾個白眼。後來老闆娘仗義，白眼小姐想要特別加點的菜全部沒了，不給吃。

我們吃雞，不只吃味道，更要吃姿態、吃氣氛、吃義氣！這才是庶民的滋味！

滷肉飯最高啦！

要說什麼食物是台灣人的鄉愁，第一名肯定是滷肉飯。離鄉久了，回台灣吃到一碗滷肉飯，真的秒落淚。

滷肉飯跟台灣人的生命經驗緊緊相扣。我小時候騎單車去補習前，一定會先繞去新竹棒球場夜市扒一碗滷肉飯配菜頭湯。有次吃完才發現忘記帶錢，老闆娘說要請客，叫我趕快去補習。我隔天乖乖帶了兩碗的錢，吃一碗新的，再把舊帳清了。都中年了，我還記著那碗滷肉飯，記得小吃店刷得發亮的餐桌、黏著飯粒的瓷碗、趕補習的焦急與羞愧，和老闆娘的笑容。

每個人都有偏愛的滷肉飯口味，我心中最好的滷肉飯，肉塊不能太碎，必須皮軟肉嫩帶點肥，醬汁烏黑金亮，米飯要堅持住不可軟爛，如果碗邊再放塊黃蘿蔔就更完美了。

別以為滷肉飯門檻低，誰都可以做。指手畫腳很厲害，真要下廚拿鏟子，手都會抖。我下廚秘方就是想辦法「把事情搞大」！只有肉跟醬汁太考驗真功夫，我就下點干貝、香菇，成功率自然高啦！

絞肉可以自己剁，也可以請肉攤絞最粗的，絞一次就好，記得要加一塊肥肉同絞，如果能加一塊皮就更好了。最近「健康」風當道，肥肉被厭棄，粽子沒有肥油、香腸全部瘦肉，真是太讓人髮指了！總之，滷肉飯一定要有肥肉，否則不如吃素算了！

材料備好，絞肉、紅蔥頭末、少許蒜末、醬油膏、醬油放好，秘密武器珠貝跟香菇也要記得泡好！畢竟是庶民小吃，用珠貝已經很豪華，別用北海道干貝了吧，太土豪了，更不要加什麼松露、鵝肝，真是不像話！珠貝不要撕太細，一個珠貝頂多撕成三份，香味跟口感更好。

滷肉跟做其他菜一樣，需要耐心。先炒絞肉，炒到水氣消散，鍋裡出油，肉香而不腥；用逼出來的肉油炒紅蔥頭、蒜末；接著把香菇末、干貝下鍋炒出香味，再跟肉一起拌炒。

下醬料也要講究。不要偷懶把醬料弄成一大碗粗魯下鍋，要做菜就好好做，每一種醬料帶來的香氣與功能不同，弄成一碗哪還有層次。先下醬油膏炒顏色，再嗆醬油帶來鹹味跟焦糖味，可以灑點白胡椒、嗆點酒，增加香氣，湯汁太乾就淋點醬油水，然後就可以蓋鍋蓋慢慢滷啦。也可以加炸過的鵪鶉蛋、三角油豆腐同歡，不要貪心塞滿鍋子，要留空間，讓絞肉、豆腐、鵪鶉蛋有空間跳舞，滷肉才會快樂。

做滷肉那天，心情都非常愉快，想著廚房滷著一鍋肉可以盡情扒飯，實在很痛快！減肥是以後的事，我可是花了很多力氣做飯呢！滷肉飯最高啦！

微雨相聚春日宴

二〇二〇初春，趕在新型肺炎的疫情惡化前，我在家辦了一場小小春宴，約是四年前訂下的，來客五人，小巧溫馨。

既然是春宴，就要吃春天的食物。前菜先上沙拉，大大一缽，裡面放了各種綠色菜葉，藏了西班牙生火腿、開心果火腿，還加了切瓣的香橙、帶著可愛葉梗的草莓。淋醬則是用柳橙汁、檸檬汁、蜂蜜、芥末子、橄欖油調成的水果淋醬，五彩繽紛，看了就開心。

客人來了，隨意聊天，吃點沙拉。等到齊坐定了，一人一小碗香菇干貝肉燥飯。朋友大驚：「不就是肉燥飯，還放干貝？」阿舍如我大笑：「當然要！肉燥飯最重要的就是湯汁，加干貝一起熬才會香啊！」另外還做了栗子燒雞，取名「栗栗皆開心」，希望朋友們吃了開心快樂，燒雞是用紹興酒燒的，是奶奶的味道。

蔬菜也花了心思，單炒蔬菜沒意思，我烤了一大盤蔬菜，主角是漂亮的艷橘色東昇南瓜，連皮一起烤，更香更美。另外放了當季的水果玉米、紅色的彩椒、番茄，最後切點西班牙煙燻紅椒香腸鋪在上頭、再額外撒上煙燻紅椒粉，淋上橄欖油慢慢烤，烤好撒上青綠新鮮的芫荽，多麼春天。

湯簡單做，為了防疫，索性做咖哩洋芋牛腩湯，初春微雨的晚上，喝了暖心暖身。還上了現煎的新鮮小卷，取名「手舞足蹈的快樂小卷」，用奶油乾煎，再撒點松露鹽，簡單好吃。

甜點倒是想了許久，買蛋糕太無聊了，做點什麼好呢？直到當天上市場時都毫無頭緒，沒想到在小小的水果攤買到季末的草莓，個頭雖小，可色澤鮮艷，酸味明顯。用二號砂糖漬了一下午，出點果膠，在客人來到前的一個小時，下鍋用冰糖、檸檬汁、檸檬皮慢慢熬。時間算好，客人一推開門，就會聞到草莓果醬的香氣了。

一邊做菜，一邊想起〈長命女，春日宴〉這首詩：「春日宴，綠酒一杯歌一遍。再拜陳三願：一願郎君千歲，二願妾身常健，三願如同樑上燕，歲歲長相見。」雖然詩裡說的是夫妻春宴，但在疫情蔓延的此刻，多麼符合我們的心情，不求朋友發達，只求你平安健康。

疫情若繼續蔓延，只怕小巧家宴都不可得。這場微雨初春的相聚，顯得格外珍貴。盼望我們珍愛的人安然無恙，日日安康，歲歲相見。

中年才識關東煮

年輕時喜歡泡菜鍋，每到冬天深夜肚子餓，就煮一鍋當宵夜。用麻油把五花肉、青蒜炒香當湯底，滾開了放大量泡菜跟泡菜汁，材料有豆腐、白菜、肉片、蝦子、蛤仔，越澎湃越好。紅通通一大鍋，又香又辣，光看就賞心悅目，吃的時候得沾蛋黃沙茶醬，醬料還得放一大把蔥才夠味。

沒想到今年轉性了，整個冬天沒有煮泡菜鍋，反而迷上關東煮。小時候吃關東煮是為了果腹，大口吃苦瓜鑲肉、高麗菜卷，再來塊蘿蔔、油豆腐，唏哩呼嚕飽餐一頓，最後再喝一大碗湯，不講究口味，只圖吃飽吃暖。

也許是年紀漸長，腸胃變弱，宵夜再也吃不下整鍋的泡菜鍋，連晚餐都喜歡煮清淡的關東煮。湯頭很簡單，只有昆布跟柴魚，配菜卻得有耐心，慢慢弄。白蘿蔔切厚段，放下鍋先熬著；另外起小鍋，把油豆腐類的食材全部滾過去油；還得做些糖心蛋，略略滾過的蛋，剝好放醬汁裡入味。

不會做苦瓜鑲肉、高麗菜卷也沒關係，至少得做丸子，有了自製丸子，才能煮出自家風味。絞肉放點胡椒、醬油，我還會放芹菜末或香菜末，口感清爽。有些人不摔丸子，求丸子的軟嫩彈性，我喜歡摔一下，摔過的丸子有彈性。可也別摔過頭，肉丸子變貢丸就悲劇了。有時一邊摔，一邊笑，覺得摔丸子根本就像人生啊，只有摔過幾次，才會有彈性，但摔過頭就ＧＧ了。

工序完備的關東煮，一切恰到好處，湯頭金黃，材料看起來清淡，卻都有自己的味道。熱熱的喝一碗，身心都安頓了。

從泡菜鍋到關東煮，改變的不只是口味，還有人生態度。年輕愛辣愛嗆，漸漸中年，知道嗆辣傷身，溫潤保命。年紀輕時，遇到事情總是第一個衝出去討公道，非得讓對方一槍斃命；現在憤怒時馬上逃離事發地點，先去散步，有什麼話回來再說，愈狠毒的話，愈要忍著不說。

以前把直爽犀利當優點，現在懂得清淡裡的巧功夫。所謂的「有個性」，不是會吵架，更不是得理不饒人，而是知道自己的位置，溫和但堅定地做自己；以前總覺得別人不懂我，好痛苦啊，現在明白別人懂不懂根本不重要，自己真能把自己搞懂了才是重點。

不過我這樣每隔一段時間就偏愛某種食物的症頭也不好，如果可以泡菜鍋、關東煮交雜著吃，嗆辣溫潤並存，人生才是真正豁然開朗吧！

自作自受的爛糊蘿蔔糕

小時候，爸爸媽媽偶爾不吵架時，我跟弟弟也是享過福的。爸爸從台北回來，就會把我們盛裝打扮，帶我們去新竹華揚歌廳，爸爸媽媽聽歌，我跟弟弟吃港點。當時必點的有鳳爪、燒賣、蘿蔔糕，最重要的是餐後一定要點弟弟最愛的芝麻球。那些夜晚像灑了金粉，好高級。

長大後我才明白，蘿蔔糕根本平凡無奇，是吃飲茶墊肚子用的。大學畢業後，有陣子為了寫作，把好好的文案工作給辭了，天天窩在家，卻什麼屁也沒寫出來。因為太窮了，午餐只能吃吐司配番茄蛋花湯，領到稿費才捨得買塊蘿蔔糕，像奢侈品一樣放冰箱凍著，餓了煎兩片來吃。雖然窮，卻還是會做碗蒜頭醬油，才不會覺得自己蒼白可憐。

現在回想起來，二十幾歲的我過得真的太苦了。有回生日，高高興興上超市買菜，想煮火鍋。沒想到信用卡刷爆了，媽媽給我的生日紅包也還沒匯到戶頭。身無分文的我只好羞紅著臉，把整車的食物放回架上，回家狠狠哭大哭一場。

我那些苦都是自找的。當時的我，並沒有寫出什麼了不起的作品，甚至連篇像樣的文章都沒寫出來，卻堅持要這麼熬著，直到現在我都不明白那樣的苦熬有沒有意義。

也只有年輕人才能夠那麼熬，能夠把蒼白的冷凍蘿蔔糕吃成山珍海味。現在的我是絕對沒辦法的，不，三十五歲之後我就徹底地體悟我再也無法過苦日子了，我要想吃什麼就吃什麼！

有次去算命，仙姑說我不會有錢，但是不用愁吃穿，我聽了嚇死了，跑去百貨公司買了好多牛排、干貝、鮑魚，猛吃好料，我很堅定地跟太太說：「所謂的不愁吃，至少要是高級牛排的等級啊！」我才不要吃乾拌麵等級的不愁吃咧！

說回蘿蔔糕，根據我浮誇的本性，我一點也不喜歡什麼「吃蘿蔔原味的」白刷刷蘿蔔糕，我喜歡鋪滿干貝、香菇的豪華蘿蔔糕！

前陣子收到不同朋友贈送的屏東白玉蘿蔔，我盯著水嫩新鮮的蘿蔔，想起年輕時吃的「簡樸蘿蔔糕」，決定自己動手做「小貓流超浮誇蘿蔔糕」，我超想吃香菇干貝多到爆炸的蘿蔔糕啊！

我在網路上看了三分鐘的教學影片後就動手啦。雖然影片說蘿蔔得磨成絲，口感才好，偏偏家裡沒有器具，只好用食物調理機先把蘿蔔打成泥，香菇、蝦米也扔進食物調理機打碎，紅蔥頭、培根切末。起油鍋，把配料炒香，再把蘿蔔放進去炒到略乾，放在來米粉炒成糊，最後倒進抹上一層油的內鍋，蒸兩杯水，輕輕鬆鬆完成！朋友吃了大力稱讚！

我這個人太容易得意忘形，第一次蘿蔔糕大成功，沒幾天又買了白蘿蔔回來做。這回我準備了刨絲器跟磨泥器，想增加口感，卻把手給磨破了；上回干貝不夠多，這回我泡了一大把，豪爽地加進去炒香，卻忘了把蘿蔔炒乾些，在來米粉也加得不夠，最後糕不成糕，爛糊成一團。

人生就是自作自受。每天早上，我從鍋裡挖一大匙「爛糊蘿蔔糕」用小鍋煎，煎熱了倒進小碗，用湯匙挖著吃。幸好加了很多干貝，味道還不錯，再怎麼樣都贏過當年蒼白的冷凍白蘿蔔糕啊！有錢買菜真好！

人生好短，減肥好長

回想我的前半生，雖然碰到很多挫折，但如果是我真心想達成的，肯定會發揮五顆天蠍的恆心與毅力與鬥志，不達目標，絕不放手。

可是有一件事，我努力過最多次，要最多花招，卻永遠失敗，那就是「減肥」。減肥怎麼這麼難！

說來心酸，我年輕的時候很瘦很瘦，體重從來沒有超過四十五公斤，哪知道歲月不只讓我老，還讓我胖！

「變胖」這種事像筍子冒芽，偷偷的、悄悄的，毫無感覺。當我開始發胖，看著微微凸起的小腹（不是懷孕啦），還覺得新奇可愛：「原來這就是小腹。」畢竟高中穿軍訓服時，我的小腹可是凹的啊。小腹來了之後，其他部位的肥肉也跟著來了。我從理所當然的S號，變成某些衣服要買M號，接著來到了人生第一次買L號，在忠孝東路SOGO百貨，與其說是驚嚇，不如說是好笑，我竟然有穿L號的一天欸！

都到了那個地步，我還天真地以為發胖嘛，不就像嬌貴的冬筍，一點點大而已，季節過去就謝了。誰知道我不是嬌小的冬筍，而是巨大的麻竹筍！而且這麻竹筍還真的越老越堅硬，無法消滅！

等到胖成像麻竹筍再來減肥，一切都遲了。試穿心愛的洋裝，卻發現肚子好大一個；選件遮肚子的娃娃裝吧，卻在捷運上被讓位；回家穿睡衣躺在沙發上吃甜點，肚子竟然比胸部還高……。每當這種時候，我就會發狠：「我一定要瘦！」下載無數減肥健身APP、拿了特製的營養清單、報名健身房、每天早起到公園跑步，我甚至報名斷食營啊！

結果最多瘦個三、五公斤，很快又胖回來。嗚。我捨不得自己吃苦啦！生活已經夠苦了，還不讓我吃飽，想逼死誰？

更讓我痛苦的是價值觀打架。儘管我的體重在標準體重的上端，那還是標準體重啊，我不是胖子，我只是「不瘦」，女生為什麼一定要「瘦」？我都中年了，代謝率本來就會逐年下降，會胖本來就是正常，為什麼我不能放開來活！

「可是瘦一點真的比較美麗啊。」每次看到自己胖胖的照片，想想年輕時清瘦的臉龐，細細的手臂，真心覺得那樣比較美啊。那不是女性主義讀的《美貌神話》可以解決的困境，而是我們怕老，我們渴望年輕。

可是我為什麼要怕老呢？老本來就是天道輪迴，我本來就會老會胖啊！一旦開始這樣想，我就又放縱了，然後又胖了，然後我又立下新的誓言要減肥。

人生很短，減肥好長，我到底要當個快樂的胖子，還是堅毅的瘦子？這題真的好難！

中年澱粉戒斷記

「拜託喔，我以前很瘦誒！」如果有人這樣跟你說，那她肯定早早過了四十歲，代謝率低到可悲，一不小心還會水腫。人生已經來到什麼都消化不了的階段。

我小時候是大胃王，中學時跟弟弟換大便當，午休睡醒又餓了，一天吃七餐很正常。上大學後，作息顛倒，早餐不吃，宵夜卻很慎重，常窩在宿舍泡一大碗滿漢全席還要打個蛋，吃得肚撐腦弱倒頭就睡。

人年輕，什麼消化不了？考試考壞了，煩惱一個下午就結案；戀愛搞爛了，哭幾天又出門花枝招展；工作不想幹了，晃個把月，又在新公司蹦蹦跳跳。那些吃下肚的宵夜，睡一晚就全消化了。可是我老了，別說宵夜不會自動消化，從食物、戀愛，到麻煩事，都消化不了了。

前陣子，心血來潮站上體重計，發現體重再創新高！果然跟目測的結果是一樣的（廢話）！我從「瘦子」，變成「不瘦」，又變成「胖胖的」，到最後變成貨真價實的「胖子」。本來想自己騙自己，可是體重計從來不說謊。

「胖」這種事情，真正的關卡是自己過不過得去，如果心裡過去了，那也就放開來了，可是我過不去！於是我又風風火火展開新一階段的減肥計畫。

這回，我決定從戒澱粉下手，據說這是現在很紅的「減醣飲食」，而我只是單純地想，不吃澱粉很簡單啊，其他的食物弄得澎湃些就可以騙過自己了。

早餐不再吃吐司配咖啡，反而做一大盆火腿蔬菜沙拉，實在嘴饞就吃一小包蘇打餅乾；中餐考慮到工作燒腦耗體力，澱粉照吃，但減量；晚餐以前總是要弄個三菜一湯配白米飯，現在只做兩菜一湯不吃飯，甚至煮一大碗蚵乾絲瓜湯，唏哩呼嚕吃完了事。

第一個禮拜覺得新鮮好玩，這種減肥法也太輕鬆了。第二個禮拜，我開始想念澱粉，而且還作惡夢，夢中，我狠狠地咬一大口肉鬆麵包後，慚愧死了，趕快把麵包塞進冰箱，沒想到一打開冰箱，滿滿都是咬了一大口的肉鬆麵包。然後我就嚇醒了，原來，我並沒有真的吃到肉鬆麵包，哭。

忍過第三個禮拜，我還真的瘦了三公斤，說穿了也不是「瘦」，而是吃了中醫老師建議的排濕藥膳「薏仁芡實蜜棗魷魚排骨湯」，除掉的都是水腫。忍到第四個禮拜，已經習慣吃得少，每當嘴饞時就告訴自己：「所有好吃的都吃過了，沒什麼好牽掛。」

中年有萬般不好，但該吃該玩的也都遊歷了。貪戀食物時，就在心裡回想一下它的滋味，也就放下了。畢竟已經不是能負重的身體跟年紀，消化不了，就別把什麼都往肚裡擱。

與其把敵人打殘，不如把自己變強

想減肥，當然要運動！最近迷上去健身房，每次撐過一個完整的循環，感受肌肉的用力，看著汗水啪嗒啪嗒滴在瑜伽墊上，都覺得太爽了，運動真好！

「愛上運動」對我來說，簡直是不可思議，因為學生時代那漫長的十六年體育課，一直是我的地獄。

地獄第一層是跑步。有些人擅跑，有些人則不，我則屬於完全跑不動的那一種。更殘酷的是跑步還要比賽，我永遠最後一名。我也是有羞恥心的，有一次考試，我發狠拚了命地跑，結果才跑一百公尺就昏倒，徹底淪為笑柄。

比跑步更恐怖的是跳馬。跳馬需要肢體的高度整合，雙掌用力撐的同時，雙腿要蹬起、打直，這是非常困難的。更別提要把同學的身體當馬，手腳已經不會擺了，還要克服撞人的心理恐懼，真的太難了。

有天，弟弟實在看不下去了，自願當馬讓我練習。擅長運動的他把動作解釋一遍後，就彎腰叫我勇敢跳！我手一撐，一跳，穿著球鞋的腳背狠狠地往弟弟臉上打出個大紅印。弟弟從此放棄我。

如果說跑步是一個人的羞恥地獄，跳馬是兩個人的衝擊地獄，躲避球就是一群人的攻擊地獄。我實在想不通一群人拿球互毆有什麼樂趣，更別說我總是被毆的那一個，嗚。我跑不快、躲不了，總是莫名其妙站在殺手前，兇猛的直球往我身上砸，他樂得大笑，我氣得大哭，這種情況下誰會喜歡「運動」！

讓我上場打籃球，則是直接把我打入地獄十八層。投籃考試明明很寬鬆，打到籃板六分，投籃進十分，但我的手天生沒力氣，投了十球，只打到兩次籃板，十二分，蟬連最後一名。連老師都說：「唉唷，你真的好可憐。」

打全場更是悲劇，抄到球時想著這次一定要爭口氣，終於到籃下了，對手跟隊友卻不見了，我內心狐疑：「今天有跑這麼快嗎？」慢慢拍球，轉頭張望，才發現大家站在原地笑到肚子痛，更，原來我跑錯籃框，運球運到對手籃下了！好不容易撐到大學，還得必修三年的體育，差點因為體育而延畢。

討厭運動的我，去健身房的原因是僅存的一絲羞恥心。過年放縱大吃後，我徹底成了胖大嬸。再怎麼討厭運動，都得上健身房鍛鍊鍛鍊，不是為了美，也不是為了健康，更不是抓住青春的尾巴，而是胖成那樣真的太難看啊！

第一堂上「核心」，真的累死我了。核心是全身最少操練的部位，練核心最有感的是小腹。想當年我瘦的時候，小腹不只一片平坦，甚至微微內凹，是那麼地瘦啊。但那是二十年前。如今，我的小腹像懷胎五月，坐捷運還被讓位！第一堂核心練完，幾近半殘。那個週末正好要參加朋友婚宴，我大腿痠痛得要命，一坐一站都痛得哇哇叫。

儘管如此，我還是鼓起勇氣上了第二堂課。中年大嬸的毅力很驚人，所謂知恥近乎勇！這次上TRX，用繩索的拉撐鍛鍊身體的肌肉。TRX很好玩，卻也容易做過頭。上完這堂課，我又廢了三天。

然而我撐過來了！又上了燃脂，跳上跳下一節課，看著汗啪地滴在地板上，竟然有種莫名的爽感，更重要的是，經過三堂課的操練，我已經可以完成一個小循環，雖然是健身界是毫不起眼的一小步，卻是我的一大步。

我就這麼愛上健身了。做棒式真的很難，每次撐著的那四十秒鐘，我內心小宇宙不斷噴發，拚命自我喊話：「檢討報表的一整個下午你都撐過去了，沒理由這四十秒過不去！」

以前看人甩大繩覺得我根本做不到吧！輪到我甩的時候，先蹲好，把重心紮穩，接著雙手狂甩，心裡狂罵：「去死吧！可惡的廠商！去死吧！可恨的報表！去死吧，可悲的市場！」想罵的人都還沒罵完，一分鐘已經到了。

所謂健身，就是在一小時內不斷地自我欺騙。划船一公里時，想著手臂累沒關係，很快就有小肌肉了！深蹲發抖時，想著穿小短褲會有美腿！拉筋也不哇哇叫了，畢竟換來全身線條拉長，很值得啊！

我從每次動作偷斤減兩還做不完，練到一堂課完成四個大循環，身體很明確地又往前進一步。雖然還沒變美，也沒變瘦，但好像更勇敢、堅強了。

原來運動追求的不是超越別人，而是超越自己。其實這也很像人生啊，與其想著如何把對手打殘，不如把自己變強！

我餓不死，嚇不怕，還有什麼能打倒我！

我天生愚蠢，愛起鬨、腦波弱，凡事不求真，哪裡好玩哪裡鑽，酒量差但酒膽頂天。

夏天參加趴替時，聽同桌又瘦又美的模特兒朋友講起斷食營：「……不餓！蔬菜水果吃到飽，而且你會清楚看到自己拉什麼，總之，就是『啪！』拉出來，超舒服！！回來後一、兩個月保證會瘦！」我看著她纖瘦的身材，加上那句「保證會瘦」，就莫名其妙跟人起了小群組，繳了快一萬元，風風火火跟著去「蔬果排毒斷食營」。

到了山上才發現，我錯得好離譜！為什麼我沒有認真看小群組的討論，為什麼我話只聽一半！「蔬菜水果吃到飽」是另一個營隊，我們報名的這團可是「貨真價實」的「排毒斷食」營啊！

第一天只吃水果、西米露，第二天只喝少量果汁，第三天全日斷食，第四天蔬果復食，第五天正常素食。最重要的是每天早上要喝檸檬鹽水排毒。

幸好我上山前吃了一碗擔仔麵，還配了香腸、滷蛋，不知道可以撐多久。我看著手上幾顆葡萄、一小碗西米露，下次吃到固體食物可能要六十個小時之後了。傲嬌的我，連葡萄皮都像寶貝一樣地吞了。睡覺時，肚子不爭氣地咕嚕了一聲，想起佐賀阿嬤說的：「睡著就不餓了。」

第二天清晨，五點一到，大廳放起愛的唱頌，迎接我的是比斷食更可怕的「排毒」。老師給我十一顆半檸檬，必須搭配十一匙半鹽巴，混在兩千西西的過濾水中喝掉。而且得在兩小時內喝光才有效！

我要浪漫約朋友到涼亭喝，想著面對滿池蓮花，假裝在喝咖啡，用想像力克服一切。我錯得離譜啊，這畢竟不是咖啡，是檸檬鹽水；這裡不是文青小山丘，是深山林內啊！真實世界到底要給我多少打擊！

我一邊喝，一邊打蚊子，才喝幾口就對著大樹狂吐，最後直接衝回大廳狂拉。平常偶爾的小便秘確實不舒服，可是噴射式拉法也太超過！最後我只喝了一半，就死都不喝了。接下來一整天，我都處於驚嚇狀態，不是睡覺，就是發呆，偶爾到大廳做瑜伽，傍晚到菜園走走。

那晚睡前，我不斷丟哭臉訊息給太太，我好想回家，但是我不行啊！出來混，面子最重要，而且這可是深山林內，我插翅難逃。明天清晨到底有多少檸檬等著我，我想都不敢想。只能安慰自己：「人生沒有白受的苦，也不會有白吃的檸檬，意義一定會在最後彰顯的！」

我不知道的是，我只喝了一半的消息在營隊傳開了。第三天清晨，我領到九顆半檸檬，外加同學們的關心（監督）。我走到哪都有人問：「你喝完了吧！」我這人激不得，一激就跟你拚命。

這回，我不再耍浪漫去庭院喝，我就老老實實坐在離廁所最近的角落，咕嘟喝個幾口，就衝到廁所又吐又拉。剩下最後的三百西西鹽分濃度最高，鹹得嗆人。每當我好不容易鼓起勇氣拿著水壺要往嘴裡灌，廁所就傳來別人狂吐的聲音，屢試不爽。老天爺啊，你是讓不讓我喝啊！最後，我鼓起這輩子拚酒的所有勇氣，乾了！馬上衝到廁所抱著馬桶又吐又拉。

就當我眼淚鼻涕大便齊噴時，一個修行的朋友傳訊息給我：「既然都到了現場，就好好體會，想想平常往身體塞了多少垃圾，現在能清出來是好事。」簡單幾句話，卻讓我猛地清醒，別只看見苦，要看見啟示，否則苦不就都白受了嗎？

終於，早上痛苦密集的兩小時吐拉終於過去，明天檸檬還會減量，我天真地以為痛苦過去了。不，事情不是傻瓜想得這麼簡單！下午還要吃一小碗神奇印度藥粉，我輕蔑地笑說：「檸檬鹽水都喝了，一小碗中藥有什麼好怕，不就是又苦又澀的仙楂果粉嗎？」不，它不是！它是極具破壞力的印度藥草啊！我吞完藥粉後，笑嘻嘻吃完獎賞的黑糖（我後來才知道那是藥引子），再度又吐又拉，眼淚狂飆。

吐拉終於都結束後，我睡了好沉的午睡，睡醒後，抱著小毯子到大廳靜坐。我不斷跟身體說話：「對不起，我平常太糟糕，讓你受苦了。我們一起度過這五天好嗎？」原來，這個世界上最糟蹋我們身體的人，就是自己。

「我在為你做很好的事情喔。」我跟身體道歉，細微地感受因靜坐而瘆麻的腿。我太久沒有好好關照身體了。究竟都在忙些什麼呢？有什麼比好好照顧自己更重要？

也許多數人對排毒斷食營嗤之以鼻，然而，只要足夠安全，這是重新認識自己的好機會。吐拉間，過往那個不知節制的自己被摧毀，新的自我緩緩重建。

沒有毀壞，哪來重生，我彷彿看見新生的自己在微笑。希望那不是我餓過頭的錯覺。是的，我今天整天沒有吃東西，可是我竟然不餓，我到底是怎麼了？

度過前面瘋狂的三天後，剩下的兩天輕鬆愉快，第四天清晨，我只需要五顆檸檬，下午還有果汁可以喝。我甚至有力氣跟同學們一起在樹下唱頌，感受天地間的能量。但晚上復食時我又耍笨了，因為太久沒有吃到固體食物，我吃太多麵條跟丸子，結果它們全在清空的肚子裡打滾，害我胃疼一整夜。

第五天，最終日，只剩下一顆半的檸檬，輕輕鬆鬆像喝水啊。喝完，就跟同學們到庭院的大樹下唱歌，感受清晨的陽光灑在身上，無比舒暢。我沒有放棄，我通過考驗，新的自我緩緩地建立了。

這類營隊，信者恆信，不信者恆笑，只有參與其中你才會明白，能夠在日常中把自己摧毀、重建，超爽的。

下山後的日常當然也有了些改變，我變得無法吃太多炸物，愛吃蔬菜大過肉。不過最最重要的是，我實踐了自己的人生名言：「我無所懼，我是自由的。」連斷食排毒營都完成了，我還有什麼好害怕，我餓不死，嚇不倒，成為一個更強悍的人！

第三部

做個沒有用的人也可以喔

如果有人看輕你，跟你說生活哪有什麼難的，你的軟弱都是藉口。不要相信他們。

人生很難。每一個帶著微笑的人，都有躲在角落哭泣的時候，只是他們學會出門時要抬頭挺胸罷了。

很難受的時候，我會抱著棉被，再窩一下，擁抱自己，在心裡輕輕地對自己說：「沒事喔，今天一定會很順利的，不怕不怕。」

就算暫時當個沒用的人也沒關係啊，能夠好好度過今天，就已經做得很好了。

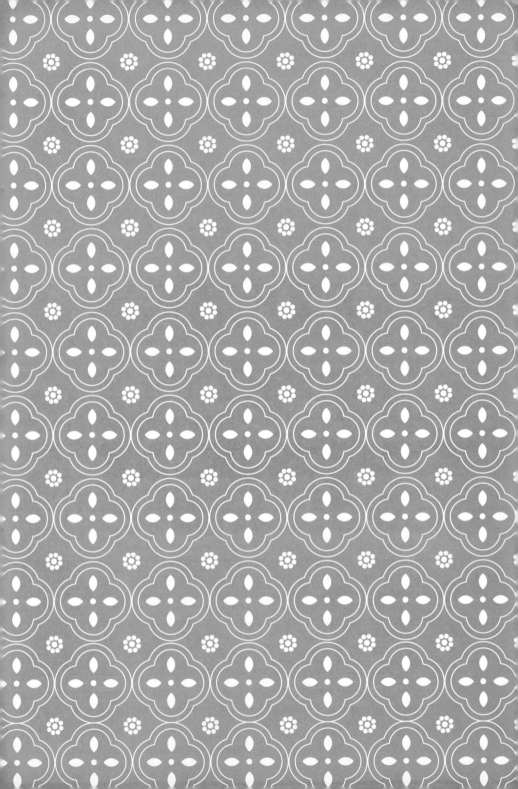

做個沒用的人也可以喔

這陣子情緒低落，做什麼都不起勁，大概是第一季衝過頭，力氣用盡。趁著週末心情好些，到花市買了一束春天專屬的「翠珠」。翠珠的花莖細長優雅，葉子柔軟嬌嫩，開花時，一蓬一蓬的粉紅色小圓花像飛起來的小裙子，風吹來，裙襬搖搖，讓人忍不住微笑。

幸好我用最後一絲力氣買了這束花。一整個禮拜，我都依靠著這束花才能好好生活。

家裡有花，是從小養成的習慣。爸爸喜歡玫瑰，種了滿院子玫瑰，院子角落還有棵含笑，奔出牆外長得燦爛，路過的人常常摘兩朵回家；

媽媽也喜歡花，美容院的洗頭椅下收著花瓶、劍山，得空時插上一盆，有模有樣自道流派。

爸爸身體不好，中年罹癌，做很多放射性治療，病痛發作時，只能到院子看花紓解；媽媽承擔家計，不只開了小小的美容院，到街上的美髮補習班當老師，甚至兼做大家樂組頭，但她仍然在生活的縫隙中，擠出時間插花，笑著說：「還是要有花啊。」

離家後，我也習慣在住處插花。文化大學的小巷子裡，有家花店，我要進書評社社辦時，總會買幾枝白色的花，像是深山櫻、海芋，白色的花讓社辦有些清新的氣息，就算沒人來，至少還有花。宿舍裡就隨性插著當季的花，簡單攏一攏，放在漂亮的瓶子裡，學生宿舍也不那麼簡陋了。

插花讓我覺得自己還能好好生活，沒有墜落谷底，沒有貧乏邋遢到過不下去。

如果有人看輕你，跟你說生活哪有什麼難的，你的軟弱都是藉口。不要相信他們。人生其實很難，每一個帶著微笑的人，都有躲在角落哭泣的時候，只是大家都學會出門時要抬頭挺胸罷了。

總是會有不為人知的窘迫，你無論如何都離不開家，換了好幾套衣服，還是覺得自己很醜，不知道如何是好；好不容易進了辦公室，攤開爆炸的待辦清單，知道該報帳該寫計畫書該把昨天延誤的工作補滿，你卻依然不知道如何是好，只能對著電腦發呆，等回過神來，天又黑了；回家路上，你不停地罵自己笨，為什麼別人都能精神抖擻，偏偏你什麼都搞砸了！

生活真的很難，難到有時候連說出「我很努力」都覺得心酸，是啊，我很努力了，為什麼沒有得到好的回饋？

難受到谷底的時候，放自己一馬吧。誰說不可以脆弱，有時候就是沒辦法振作啊。

以前我總是說，吃飽了就不怕了。但如果遇到連熱湯、蛋糕都無法平撫的憂鬱時，就買花吧。不會養花的人，記得買麥稈菊，耐活又燦爛，像咧嘴大笑的傻氣朋友，圓圓一朵，顏色鮮豔花苞堅強，記得換水的話，一束花可以開上三個禮拜。

把花放在家裡最顯眼的地方，憂鬱的時候看看花，花兒會溫柔地說：「做個沒用的人也沒關係喔，好好活著就夠了。」

無用之用

前陣子跟老同事碰面，經歷暴虐而漫長的職場鬥爭後，她最終放棄晉升，選擇離開。卸下媒體高層的職位後，她去歐洲旅行，沒有目的地漂流，慢慢找回生活的滋味。回台灣後，她找了老師，開始學習某種艱澀的語言。

她每日吃過早餐後，讀書一小時，接著運動、午餐，下午工作，晚上好好做飯吃飯。

「我必須為生活拉出一條線，才能穩住。」她說。

職場鬥爭殘酷，攻擊刀刀見血，砍殺的不是肉體，而是心。工作幾乎是我們日常的全部，負傷失敗退場的人，那些靠著工作支撐的自信跟著垮了。常常會想起公司裡飄著的難聽話，不解昔日夥伴為什麼會說出這樣惡毒的話？想起那些失敗與不堪，不停問自己：難道真的是我能力很差？難道我真的是無用之人？

明明很努力，卻卡死在某一關，再也上不去了。人的特質被轉化成KPI，不能轉化成現金流的那些好的特質，都是無用的。

儘管有時候會安慰自己：「做個沒用的人也沒關係啊，好好活著就夠了。」但事情不那麼簡單。自己批判自己是無用者，比被嘲笑為無用者，更傷心。

心碎了，要花很多力氣重建。我聽老同事叨叨絮絮講著學語言的細節，那些單純的片刻，很高興她終於「找回生活」了。人活著，不是只有工作，不是只有KPI，如果我們只盯著現金流，卻忘了抬頭看櫻花綻放，那不是太可惜了嗎？

我們都會受傷，自信心被擊垮，看著血流成河的自己，不知道該如何再重新拼湊。不要害怕，總是會這樣的，誰都破碎過，慢慢來，給自己一點時間，好好走路，好好吃飯，重新找回那個可以安靜獨處的自己，讓那些爆裂遠離吧。

最重要的是，為生活拉出一條線。當我憂鬱症最嚴重的時候，無論如何，都要吃早餐，哪怕只有黑咖啡配一片吐司，吃什麼都好，那是穩定靈魂的儀式，吃完了，就告訴自己：「很棒喔，你做到了，今天剩餘的時光都會很好的。」那不是自我欺騙，而是每日都能實踐對自己的承諾，至少這一天有個起點了，從這裡慢慢的向前走，把這一天過完，明天會再好一點，後天會更好。崩壞的自己一定會漸漸復元的。

壞掉的時候，不要急，慢慢來，每個人都背負著自己的不得已與脆弱，有時候就是必須傷害別人，或者被別人傷害。想通這點，人與人之間的忿恨也就能放下了。何況，這個世界還是很可愛的，風吹鳥叫樹搖擺，活著多麼美好。

在某處，一定有更好的安身立命的所在，老天爺不會辜負任何人。

卡在人生黑洞的妖怪

最近老覺得自己一無是處，工作不上不下，薪水不上不下，成就輸人，連玩耍都輸人。臉書上一堆人在歐洲旅行，更凸顯我的生活多麼寒酸蒼白。

常常一早起來就覺得自己糟透了，出門前要不斷安慰自己：「你很好，沒問題的，今天所有的困難都會迎刃而解。」好不容易平安度過一整天，終於躺回枕頭上，卻又開始焦慮隔天的行程，腦子停不下來，得吃藥才能睡。

我不斷思考：「為什麼突然陷入如此巨大的焦慮與悲傷？」直到為

了小事在辦公室爆炸，傷及無辜，我才終於緊急預約心理諮商師。必須求助專業了。

我把對人生的無力，對未來的茫然，對朋友的忌妒心一吐而出，年長的諮商師好不容易找到破口，問我：「你幾歲？」「我四十六歲啊，不年輕了。」諮商師突然笑了，她說：「中年危機。」

「中年危機」是心理學家卡爾・榮格提出來的，在人生前期，我們不斷被內在驅力與現實世界追趕，只能瘋狂向前奔跑，沒空思考人生。

好不容易跑到中年，生活、事業、愛情都穩定了，終於可以停下來想一想「人生」這件事。不想還好，一想完蛋，我拚了大半輩子的人生，真的是我要的嗎？那些錯失的夢想與機會，還能彌補嗎？即將來到的老年生活，我有能力承擔嗎？

一事無成啊。當我回顧自己的人生時，不再像年少時那樣充滿希望，只剩嘆息。

就算不望向自己的過去與未來，看看身邊的朋友，不是在歐洲喝酒，就是在公開場合意氣風發，而我，我為什麼在這裡？

中年撞上的恐慌與焦慮，並不是現實上的，而是藏在內心，妖怪一樣恐怖。

前幾天看了龔卓軍策劃的《妖氣城市》，在妖怪的背面寫著：「你來了。我不知道我是什麼，這也是我一直在這裡的原因。」

中年危機啊，像妖怪一樣想搞清楚自己是什麼，從哪裡來，要往哪裡去。過去那些奮力踩過的痕跡，別人讚賞，在自己眼中卻如輕煙飄渺，人生虛無失落。

中年危機啊，那些焦躁述說起來都很好笑，但誰躲得過比較、躲得過對自己的失望？誰真的能不怕年老，不怕死亡？

而我最害怕的是，我來不及在老去與死亡前，成為我所渴望的那個自己。但自己又是什麼呢？我循著一路累積的腳步往前走，會走到哪裡？那裡，真的是我想去的地方嗎？

我會不會像個妖怪，永遠不上不下，卡在人生的坑洞裡？

有洞才是甜甜圈哪

慢半拍看完日劇《四重奏》，看到最後一集，小雀緊緊抱著真紀說：「我要帶真紀回家。」我竟然跟著哭出聲。

每一個人都是殘破的，沒有誰能夠全然幸福，破碎的我們可以期待「愛」嗎？我們可以期待「被愛」嗎？

四個揣著秘密的人，意外住在一起。秘密不斷曝光，被音樂家族瞧不起的樂手別府、離過婚又有小孩的家森、偽魔法少女的小雀，以及帶著假身分活在世上的真紀，四個在別人眼中不堪的人，卻能夠看見對方的破洞，甚至把嘴湊到破洞口大喊：「有洞，才是甜甜圈哪！」

因為遭遇過不幸，所以才能擁抱別人的破碎。因為我們知道破掉的心有多痛。

「可以哭著吃飯的人，一定能夠活下來。」真紀對小雀說。我也曾經一邊哭一邊吃飯，告訴自己要趕快長大，要勇敢。能夠寫出這樣對白的坂元裕二，一定也遭遇過什麼吧，不然他怎麼懂？

我們真的可以遇到無條件愛著我們的人嗎？

真紀離開四人共居的家後，委靡的家森、小雀、真紀，決定要振奮起來，過點「像樣的」生活，一直承擔混亂的別府卻說：「我就是喜歡不努力的你們。」我們是多麼努力地表現出自己的振奮，想要換來別人的愛與信任，但別府說：「小雀，你不適合熬夜，你適合的是，賴床。」

努力也好，要廢也好，怎麼樣的你都應該是被愛的。

從小到大，我幾乎沒有認識家庭幸福的人，每一個家庭都有秘密，太多父母不管有心無心，都傷害了他們的孩子。我們在歪斜的家庭長大，帶著破碎的心，渴望愛，尋找愛，試圖在混亂的世界建立自己的家，一個可以擁抱我們破洞的家。

可是要建立自己的家實在太困難，難到我們幾乎要放棄，不斷追問：這個世界上，真的有人可以愛著全部的我嗎？他們真的不會被我的黑暗嚇跑嗎？我可以不孤單嗎？

編劇坂元裕二不斷透過作品用力地說：可以的，總會有人理解你的黑暗，總會有人的。

看完《四重奏》後，我接著看坂元裕二的小說，《往復書簡—初戀與不倫》。初戀篇裡被父母遺棄的女孩，與被同學當成透明人的男孩相遇了，就算世界崩塌，他們還是有可以說話的對象。

可以把心安頓好的地方，就是家。
無論我們心裡的破洞多大，一定可以遇到對著洞口喊話的人吧？

那麼，你的夢想呢？

「不論是順著海潮漂流，或是觸礁，沒有堅強的意志力是活不下來的。」這是柚希禮音在單人劇《Lemonade》的獨白。

柚希禮音，日本國寶寶塚歌劇團星組前首席男役，曾經在二〇一三年帶領寶塚首度到台灣公演，被稱為寶塚史上最強男役之一。退團後她在日本武道館開演唱會，依然滿座。

有崇高地位的柚希禮音，卻選擇以小劇場單人劇《Lemonade》，紀念自己出道二十年。並堅持要把這齣戲帶來台灣，回報台灣粉絲的愛。

這是一齣獨特極簡的戲。場景只有一個，海岬上的療養院，路的盡頭，海的起點。女強人阿川映因為一場病而解離，跑出兩個截然不同的人格，紫丁香一般的妖艷女子Lilas，跟強悍男人Blue。

Lilas跟Blue占據阿川映的身體，Lilas偷偷申請出院證明，想解放阿川映；Blue則用網路遙控阿川映創立的廣告公司，讓她的事業繼續下去。

阿川映失去記憶的時間越來越長，人生就要被取代。這時，她卻在角落撿到一本日記，是燈塔蓋成時，守燈人Bill Ausel的日記，阿川映著迷似地讀日記。

Bill失去妻子與孩子，獨自守著燈塔。Bill孤寂痛苦，站在懸崖邊，卻無法縱身而跳，只能狂吼。他不知道自己為何無法死去。

神不會遺棄任何人，總有個破口，神會從那裡射出一道光。春日，

Bill在燈塔旁發現一棵檸檬樹，他撿拾檸檬放在桌上，暗沉沉的房間竟像開了燈一樣；冬日，暴風來襲，Bill往外望，濃厚烏雲突然出現縫隙，陽光灑在海面上。

時光之流在不經意時，帶走痛苦，帶來希望。隨四季開花結果的植物，在風暴過後搖曳的陽光下，輕聲提醒我們：嘿，生命還是有美好的片刻喔。

Bill躺在海邊仰望星空，想起自己曾經跟孩子說：就算是陰冷夜晚，烏雲上仍有星星閃耀，所以還是可以許很多願望喔。

那些我們為所愛說的話語，為什麼不能對自己說呢？

隨著Bill的好轉，阿川映也重新感受生活的氣味。Bill撿到檸檬時說：When life gives you lemons, make lemonade. 當生活給你一顆檸檬，做點檸檬水吧！

離開療養院前，阿川映突然發現，原來，這本日記是自己的陰影Blue寫的。Blue還想要提醒她早已遺忘的夢想：有個小女孩在櫥窗前看著一段小文案，笑了起來。原來阿川映的夢想，是用微小的話語，讓人們感到幸福。

作為寶塚前首席，柚希禮音曾經背負著整個寶塚的光榮，與一年至少四十萬觀劇人次的票房，在她心裡支撐著她的是什麼呢？

用小劇場單人劇紀念出道二十年，柚希禮音展示了自己的陰暗與光亮、脆弱與勇敢。當她說著台詞：「一路曲曲折折，斷斷續續向前」時，眼中有淚。這位寶塚明星，也有很多人們想不到的挫折吧。可是，她依然記著夢想的起點，也提醒觀劇的人，不要忘記你們的夢想喔！

柚希禮音送給台灣粉絲如此珍貴的禮物，這是表演者與觀劇者間，最真心的相待。

人為什麼活著？

這幾天看著童書作家幸佳慧領金鼎獎的畫面，我不停想著：「人為什麼活著？」

我跟幸佳慧認識得很早，說不上特別親近，但有段美好回憶。我們在報社不同組，卻被主管指派跑同一條線，主管也許有競爭心，我們卻總是約好一起坐計程車，分攤車錢，回來寫稿各憑本事，從來不會給對方使拐子。比起競爭，我們更在意題目是否有趣。

後來幸佳慧讀了博士，又去了美國，我們只能在社群媒體上互動，看著有正義感又不拘小節的她到處開砲。當我羨慕著她在美國ＤＩＹ

把房子搞成童話小屋時，她已經帶著病痛回台灣，癌末，難以醫治。

人生的最後時刻，誰都想跟家人度過吧？幸佳慧在病床上持續寫作，拚最後一口氣要出版《蝴蝶朵朵》，那是一本談論兒少性侵的書。彷彿跟當年一樣，幸佳慧不在乎累，不在乎俗世紛擾，她只想透過她的筆把重要議題傳出去。我為《蝴蝶朵朵》做了廣播與專欄的介紹，傳訊息跟她要張現成的照片，她熱切地說要拍給我，我急得拒絕，要她好好休息。幸佳慧最後傳了苦笑的臉，寫著：「算了，我兩隻手都吊著點滴，不拍了。」

我總是提著心牽掛她的病情，她又是怎麼度過每一天？她會不會生老天爺的氣？她明明還那麼年輕，有那麼多故事想寫。

在領了金鼎獎之後，幸佳慧說：「能獲得大家給我滿滿的厚愛與支持，被大家緊握我的手允諾『我們會接續著做……』。我著實被一大團柔光包裹護送著，靜靜暖暖浩大的，沒有不捨與遺憾了。」

到底要怎麼活，才能沒有遺憾？

前幾日，我去看酷兒影展的閉幕片，等待入場時，看見影廳外的大螢幕出現熟悉的身影，是去年過世的陳俊志導演，他一九九七年就拍攝了台灣第一對同志公開婚禮，《不只是喜宴》，記錄了許佑生與葛瑞的愛。在封閉年代，陳俊志不顧一切向前衝，用肉身衝撞社會歧視。

又隔了兩日，朋友提起想在花蓮做城市導覽，我馬上想起一個絕佳人選，黃啟瑞，他受過專業的田野訓練，定居花蓮，記錄溝仔尾的變遷、採集原住民的傳說，他是花蓮最好的說書人，可惜，他在今年夏天去世了，巷弄間的故事卻因為他，長遠地留下。

人究竟為什麼活著？

如同幸佳慧用文字守護孩子，陳俊志用影像保衛同志，黃啟瑞用傳說留住一條街。我們也能夠為這個世界留下一些美好啊，可能是為孩子寫個故事、為傷心的人唱首歌，也可以是寒冬裡為家人熬鍋熱湯、為流浪的小狗找一個家。

活著的每一天，都努力成為一個更好的人，做美好的事，我們來這一趟，也就值得了。

我想念我自己

三十六歲那年，我放下一切，搬到花蓮，住了四年。本來是打算不回台北的，就這樣穿著夾腳拖小短褲，在花蓮生根發芽。沒想到最後還是放不下繁華，回到台北。

當時決定搬到花蓮，是在城市拚搏很久，心力交瘁，必須按下的暫停鍵。我一直以為我很堅強，對任何挑戰從不說不，然而，到了某個時刻，你就是知道不行了，沒有力氣了，非停下來不可。我曾經以為到花蓮是某種浪漫追尋，很久以後我才明白，那是一趟漫長的療癒旅程。

在花蓮的日子非常安靜，常常一整天說不上十句話。每天早上起床後，煮杯咖啡烤塊麵包，在小院子慢慢吃。吃飽了，上市場買菜，路上會經過太平洋，先看海發呆，看夠了，去找熟悉的攤販買半隻土雞，一些剛從田裡拔起來的青菜、水果，回家的路上再繞去看海。回家後，安靜地寫作，吃飯、午睡，繼續寫作。晚餐需要一點熱鬧，就上溝仔尾跟當時只有兩、三張桌子的米噹買份烤魚，回家喝啤酒配《甄嬛傳》，沾點熱鬧。累了，回書房把稿子收尾，就可以睡了。

後來小狗加入我的生活，於是多了傍晚遛狗，偶爾會帶著咖啡，到大樹下發呆，讓小狗打滾，滾一身花草，人跟狗都樂不可支。

花蓮夏天的傍晚，天空美麗喧騰。我常常被窗外的光影吸引，開車追雲，看雲朵迫近，彷彿掉到漫畫世界裡，路的盡頭。

在職場生涯最該拚搏的年紀，我在花蓮。表面上看來，好像錯過了很多燦爛煙花，可我也深切知道，沒有那四年的花蓮生活，我會垮掉。

花蓮的平靜，讓我學會「自在」原來是一種踏實穩定，讓我明白我只要是我，就足夠被愛。害怕嗎，抬頭就看見山和海恆常地守在那裡。

回台北後，生活奔波忙碌，常常在下班路上，車子行經環快時，想起花蓮。黃昏的光線一樣耀眼，我卻不一樣了。總覺得越活越膽怯。在花蓮的時候，沒什麼錢，買顆花椰菜煮碗麵線，就是很好的一餐；在台北擁有很多，卻還想要更多，要職位要金錢要名聲要尊重。

暫時回不了花蓮了，心裡還有些眷念，放不下的，就坦率地承認、追求吧。但是往前奔跑時，別忘了花蓮時光，那時候我什麼都沒有，卻很快樂。看到海，心就鬆了；看到山，心就安了。知道自己很渺小，卻不茫然。

在花蓮的那四年，是我人生中最美好的時光。

在時光裡讀書寫字

花蓮有一個小角落，很寧靜，充滿了書，每次回到花蓮只要有時間，我一定會去窩著。那是「時光」。

時光，一家二手書店，開在熱鬧街道的小巷子裡，小小的，舊舊的日式房屋。時光不像璞石咖啡館，那麼熱鬧，總有朋友熱情來去，充滿笑聲。時光很樸素。

要進入時光，得先推開老舊的木門，嘩啦嘩啦，從煩擾的世界走入安靜的書洞。時光在這裡停住了。書架書桌是老的，書也是老的，泛黃的書頁透露它以前的歷史，曾經有人愛著這本書，把一大片閱讀時間都給了它。

住在花蓮時，如果焦躁到連看海都無法安慰我，我就會去時光待著。我一直想寫故事，又怕自己不夠好，常常想著：「我寫的故事，值得被印出來嗎？」不安時，我就去時光，拉張小椅子，窩在角落翻書、看書，告訴自己慢慢來，不要急，哪一本書不是時間孵出來的呢？

我也很喜歡帶台北來的朋友去時光，看她們欣喜地在其間穿梭、翻書、玩貓，走的時候買幾本書，那些辛苦被寫出來的故事，流得更遠了。

下雨天最適合去時光，雨在屋簷滴滴答答，人在屋裡安安靜靜，雨打在泥土的香味，混雜了二手書的油墨味，還有日式房屋木頭大樑的淡淡霉味，這不就是時光的味道嗎？

時光的老闆是秀寧，店長是「布丁」，一隻狗。時光還有隻漂亮親人的店貓，Woody，高興起來會坦著肚子讓你摸。我的小黑狗墨麗平常看到貓狗就鬼叫，可是在時光卻很自在，我坐在小板凳看書，小狗趴在水泥地看我，都不無聊。

時光後來開了二店，時光一九三九，在另一條小巷子裡，同樣的日式建築，還多了個大庭院，院子裡老樹拔天，地上則落滿葉子。時光一九三九的紗窗往外看，滿眼綠意。

但我仍舊喜歡老的時光，也許是因為那裡面有更多過去的我。

在花蓮住了四年後，我終究回到台北，最後一趟搬家時，把所有的CD、影片，毫不猶豫往箱子裡扔，堅決地跟朋友說：「不能挑，挑了就送不走了。」那些從年輕就陪伴我的音樂、電影，全部被我送去時光。還有上百本的書，曾經苦讀的課本、翻了幾頁的小說、從信仰到實踐的女性主義理論，全部都給了時光。

昔年一同去時光的長輩，後來也離開塵世了，我常常想起她在時光門口的笑臉。幸好，她們一起去了時光，我才能擁有這麼美好的回憶。

時間催人往前，可我還是惦記著時光，偶爾回來探望，貓一年一年老去，小狗長白鬍子了，我也老了，但我們仍然一起在時光裡，讀書、寫字。

我們花蓮哪……

「我們花蓮哪，走一走就撞到山，走一走又碰到海。」我們花蓮人常得意地跟外地人說。

其實我也不是土生土長的花蓮人，只是曾經暫居花蓮四年，從此老愛說：「我們花蓮人……。」

花蓮是一座奇特之城，它有自己的時間感，在台北習慣的一切，到花蓮後統統不適用。

花蓮的空間與時間，以山海為軸線。往南往北辨別方向的是山在左邊還是右邊，在市區時，山則在眼前。明明只是出門辦個事，抬頭卻看見中央山脈偉大地站在路的盡頭；明明只是順著北濱去重慶市場買菜，太平洋隨著馬路開展。我常把車丟著，在海邊呆坐看陽光在海面晃盪，就這樣晃盪掉一個上午。

花蓮人的「語言」自然也不一樣。

拿「報路」來說吧，在台北報路，就是把門牌地址講清楚，花蓮人則不。有次去鄉下，花蓮朋友說：「你就沿著大馬路一直開一直開，看到紅綠燈左轉就對了！」我驚慌：「到處都有紅綠燈欸！」花蓮人自信滿滿：「你到了就知道了啦！」果然，到了就知道那個鎮上只有一個紅綠燈。

再不然就說：「你就一直開一直開，看到好大一棵樹右轉就到了！」紅綠燈少我懂了，可是花蓮到處都是樹啊！花蓮友人依舊自信滿滿，我往前開了許久，真的看到「好大一棵樹」！

花蓮人當然更不會把自己關在健身房。花蓮有最美麗的美崙田徑場，司令台的靠山就是中央山脈，另一側則對著大海，傍晚帶小狗去田徑場跑兩圈，人瘦狗開心。剛下班的人穿著襯衫長褲來運動，大嬸怕曬戴斗笠遮陽，毫無違和感。

當然，花蓮也有壞事壞人，更有必須捍衛的事情。不過，花蓮人的抗爭很溫柔。縣道一九三的拓寬會破壞防風林，改變在地珍貴的生活風貌，花蓮朋友們便紛紛而起守護防風林，他們手繪地圖、深入採訪，寫防風林的故事。

朋友們支持的楊華美，最近剛當選花蓮縣議員。在為楊華美助選時，募款餐會餐點是朋友們種的煮的，花朵桌布也是從家裡帶來，跟其他政治人物的餐會比起來，樸素得簡直像辦家家酒，但這樣的楊華美也終於被送進議院，用政治守護我們心愛的花蓮。

花蓮就像《魔女宅急便》裡的小城市。有山、有海、有田地，人自自然然地活著。感到苦惱時，就出門走走，抬頭看山，發現山恆在，心就篤定了；遠望看海，發現海無比遼闊，心就開了。我們花蓮哪。

小狗教我學會愛

二〇一二年四月，小黑狗墨麗坐在小紙箱，被送到我身邊，從此，我對愛有了新的體悟。

墨麗出生不久就被遺棄，用小紙箱裝著，被丟在路邊。朋友撿到後，找我做中途。正巧那陣子我好想養狗，天天吵著要去認養一隻狗，太太卻說：「如果老天爺要給你狗，你不用去找，你在家裡坐著狗都會來找你。」這應該是太太不想養狗的藉口，沒想到我在家裡寫稿，墨小狗竟然被送來我家門口。她跟馬克杯一樣小，坐在紙箱裡，用單純好奇的眼睛盯著我，我們命中注定會相遇。

但是，我們的初夜並不浪漫，相反地根本是災難。太太不在家，我獨自奶小狗娃。小狗到新環境會緊張地到處拉肚子，睡前為了安置她，我傷透腦筋。放紙箱裡，怕牠在裡面拉肚子；不綁著她，又怕隔天早上家裡處處黃金。最後是狗教練建議，用長長的繩子把她綁在臥室門上，至少拉屎有個範圍，還可以隨時照看。

才剛睡下沒多久，墨麗就嗚嗚哀號想大便。我從床上跳起來，本能地抄起小狗往浴室衝，可是小狗忍不到浴室，就拉了一地大便，還往我腿上噴尿，我一緊張，就踩了滿腳屎！這瘋狂小狗根本是在我身上做記號吧，指定我要為她撿一輩子大便。

那夜之後，我就變成她的了。我們形影不離，不管去哪裡，我的腳邊都會跟著一個小黑點。我在書房讀書寫稿，她就把頭靠在椅腳，睡得超熟，害我不敢起來喝水尿尿；我在客廳看電視，她就趴在茶几下面，我一有動靜，她馬上抬頭張望；晚上她就睡在我的床沿，不管多早多晚，我睡她睡，我醒她醒。

我出門辦事，小小的她就坐在客廳紗門前等待，坐得直挺挺，眼睛望著大門，一動也不動，非得等我回來，她才歡天喜地蹦蹦跳跳。

我們一起經歷很多事情。從花蓮搬回台北，她少了紗門可以等待，也沒有田徑場可以奔跑，小黑點變成大黑影，依然跟進跟出。

她意外車禍時，我們隔著氧氣室對望哭泣；回家後，要用針筒餵藥，她大概是住院被打針打怕了，看到針筒就生氣轉頭，我拿針筒逼得急，小狗退到角落後，退無可退，一生氣，張口要攻擊我，我們彼此都被嚇到了，我丟下針筒哭，小狗滿眼愧疚望著我，走向我。我們學會愛就是會不小心惹對方生氣，但是要記得和好。

太陽花學運時，我總是搞到天亮才回家，太太早就睡了，只有小狗為我等門；我為了國家大事又氣又怒，推動同婚時，被反同言論氣哭，小狗焦急地看著我，一直巴我的手，叫我不要哭了；我們在公園散步時，她總是跑幾步就回頭張望，看我們有沒有跟上。我從來沒有被如此牽掛。

人總是不安的。長大的過程，難免被歪斜的大人傷害，於是我們對自己沒有自信，不相信自己可以得到毫無保留的愛。所以小狗來教我們，愛無保留。

每天深夜看著在床邊安心打鼾的小狗，總覺得無比幸福，怎麼會有一個生命，這樣柔軟、甜美，這樣依戀著你，給你無盡的愛。人類給不出來的愛，小狗給了，願我也能回報小狗同樣的愛。

大安區流浪記

我從來沒想過我會住在大安區，那得有錢人才住得起吧！然而，生命無法預期。

十一年前，我很任性地拋下一切，移居花蓮；四年後，又因為工作，從花蓮搬回台北，因為急著開工，所以臨時在復興南路找了間小套房住下。

偏偏我的小狗墨麗不適應套房，牠在花蓮出生，概念中的「家」是透天，有三層樓，要有客廳、餐廳、臥室，以及三間廁所。到台北住小套房的第一個晚上，墨麗非常不安，不明白為何一直被關在房間，牠猛扒廁所的門，以為門後面會通往其他房間。我看著慌張的小狗，哀怨地說：「媽媽在這裡租不起透天，你認命啦！」小狗才不認命，牠很愛乾淨，不肯在套房廁所尿尿，我們只好一日遛三、四次。

比小狗尿尿更累人的是噪音。我們沒住過台北市中心，不知道捷運噪音的可怕，小套房正對著捷運棕線，捷運經過，轟隆轟隆還帶震動，比花蓮的地鳴地震還可怕。不到一個月，我們就嚇跑了。

生活果然不能偷懶湊和，得下定決心在台北安頓一個家了。我們找到國宅大樓，三房兩廳帶前後陽台，房租貴些，但住得舒服。

把家安置妥當，才能踏實生活，也才終於真正張開眼看看所謂的「大安區」。我慢慢發現，管他什麼「天龍國」，只要放下偏見，生活到哪裡都是一樣的。

新家附近有個小市場，賣豬肉的阿姨很會做生意，明明只是想買斤排骨，卻常不小心就多帶一斤五花肉；賣魚的夫妻很會挑貨，魚還沒上架就被預定光了；青菜攤最可怕，三攤都是老婆婆顧著，站成正三角形，跟哪一攤買都會被怨恨，我孬死了，每攤買一點，誰都不得罪。

街邊咖啡館的服務生喜歡狗，去的次數多了，還幫忙代收快遞；小麵攤用大骨熬湯，見小狗經過，會讓我們打包骨頭肉回家。人情都是一樣的，你笑著對人，就會得回笑容。

我在巷口的舊腳踏車店買了台二手單車，噴成綠色，整天騎著單車在大安區閒晃。有事就去找土地公訴苦懇求，煩了就到大安森林公園慢跑，一如我在花蓮時去和南寺拜拜，去美崙田徑場跑步。

把家安頓好，讓心安靜下來。帶著微笑，住哪裡都是一樣的。

親愛的司機先生

我很喜歡坐計程車，累得半死的時候，果決地捨棄捷運，在路邊不顧一切，奢侈地伸手招一台計程車，躲進去冷氣一吹，狗屁鳥事全都被拋在車子外。只花一、兩百元車資，奴婢瞬間變公主，超划算！

而且不知道是不是因為我本身很好笑，所以很容易碰到有趣的司機。有次坐計程車，看到司機在儀表板旁放了張鋼琴演奏會的照片，美麗女孩穿著禮服坐在鋼琴前，好奇一問，原來是司機先生的女兒。問他養個音樂家女兒很貴吧？他笑笑說：「還好啦！多開一點時間啊！女兒喜歡比較重要！」

司機講到女兒就開心地停不下來：「我也很喜歡音樂，很會唱歌耶！」說著說著，他竟然開始唱歌：「美麗的姑娘啊——你是如此地美麗——。我就是唱歌追到我老婆的！」快樂的司機先生讓我整天心情大好，不停想起他的笑聲與歌聲。

在很多悲傷時刻，也是陌生的司機先生給我安慰。奶奶過世的那個清晨，我搭計程車趕去奔喪。在車上安排完當天的採訪工作後，掛上手機，看著窗外流淚，司機先生從前座默默遞來摺好的紙巾。

被工作深淵逼到厭世時，在計程車上哭著打電話給朋友訴苦：「我已經好久好久沒有好好吃飯睡覺了啊！」下車時，司機先生特地回頭說：「不要工作了。先去吃飯，要吃飽喔！」我聽話買了一盒炒飯，回到辦公室坐下，打開便當，想起工作的委屈，陌生司機的溫暖，眼淚啪嗒啪嗒掉在飯裡，大口吃飯，無聲哭泣，但心暖暖的。

還有很多好心的司機，有撿到我的門禁卡，特地送回公司；也有忘記按計程錶，堅持只收一百元，我給他一千元，他堅持要找九百元，我嚷著：「這樣你吃虧欸！」司機先生大笑：「你給我一張最大的，我賺到耶！」

當然也碰過壞司機，欺生繞路、超車搶快，驚嚇之餘只能暗自吞忍。最討厭的是一邊聽政論廣播，一邊不問立場地大放厥詞，這種時候只好撥電話給朋友，寧願喇滴賽也不要聽司機噴正義之言。

坐計程車也像一趟小旅行，只知道目的地，卻無法預知沿途風景。

有回深夜下班，在垮掉前躲進一台乾淨清爽的計程車，下雨了，車外街燈飄搖，車內愛樂輕飄，車子在環河快速道路平緩前行，被工作折磨流散的靈魂，隨著音樂，一絲絲流回來。

大城市裡，車子像孤島，在燈火間漂流。那些美好相遇像天邊流星，畫過黑夜，燃起短暫燦爛的光亮。

閃閃發光的小攤老闆

我的前公司在一個工業區裡，每天上班，總會經過一條充滿小吃店的騎樓，一個台灣常見的不怎麼美的騎樓，人行道高高低低，很不好走。晨光被隔絕在大馬路上，並不會照亮店家，但我總覺得那些辛勤備料的小老闆們閃閃發光著。

賣臭臭鍋的小店，一大早就在備料，菜料湯料不停端出來，鐵柱子上掛著瓦楞紙寫「茼蒿上市」，那是小吃攤的季節限定。燒臘店不怎麼好吃，也是時間未到就把燒肉掛好，叉燒也油亮油亮地掛著。每到中午，老闆刷刷刷切好一份又一份的三寶飯，把工業區的人餵飽。

我最喜歡的攤子是賣肉圓跟蚵仔大腸麵的，攤子很小，卻弄得乾淨整齊，還做了些裝飾。一碗五十元的蚵仔大腸麵，老闆卻用精緻料理的慎重來擺盤，一圈大腸，一圈蚵仔，中間放香菜，香菜中央再點一抹辣椒。便宜，但不能隨便，不可以邋遢。

再往前走，燈籠高掛寫著「燈亮有餅」，是一對母女開的，她們原本在巷尾賣水餃，後來店頂讓出去，轉移陣地賣起蔥油餅。她們的水餃不輸林青霞的愛店，餡飽皮薄，我常常下班後買一大包帶回家屯著。母女賣麵時常常鬥嘴，老媽媽性子急，女兒也一模一樣，長得又像，每次看她們互翻白眼都覺得好笑。後來我才知道，原來看起來很年輕的女兒，已經是兩個孩子的媽，孩子都在念大學了，就靠這樣的小攤子把家撐起來。

是的，用小攤子撐起一個家。當外公離家時，是外婆在秋茂園賣粽子，撐起一個家。爺爺到台灣不久就病逝，也是靠奶奶擺麵攤把孩子養大，還栽培他們念大學，要孩子們有出息。

是的，做個有出息的人。窮也要窮得有志氣，落魄的時候，不求人，不行乞，挺直腰桿做小生意，把食物打理得乾淨漂亮，自尊自重。

哪怕是吵吵鬧鬧的一家人，也是為了希望保全所有人。不能為了富，委屈家人，更不能為了富，家不成家。

哪個人家沒有艱苦的時候？總會碰到天不遂人願的壞時節，我們擺個小攤子，打拚度過就好。就算窮，也要站直了賺錢。不是畏畏縮縮，不要卑躬屈膝。我們是活得閃閃發光的台灣人。

醫院裡的樂聲

為了陪伴治療癌症的太太，以及陪伴生病的長輩，有幾年我們常常在醫院進出。

在醫院來去的日子並不輕鬆，總是要打起精神，假裝振奮，讓生病的人得到些力量。我都笑說這樣的振奮是「抽高」，人在日常裡很難長大成熟，只有在低谷中，才會想盡辦法把自己拉高拉大，成為可以承擔的人。

在醫院不管多艱難，都不能哭、不要哭，也哭不出來。知道親近伴侶生病時，驚慌大於悲傷，眼淚都被嚇回心裡了；看著生病的伴侶沒有力氣時，又只剩憂愁，只能強顏歡笑，把眼淚藏在心底。

有很多表演者會到醫院演奏，我對她們心存感激，因為那是唯一能在醫院安心哭泣的時刻。那樣的時刻，不用在乎別人，甚至有了哭泣的藉口，因為音樂太美，所以感動地哭了；因為樂聲高昂，不用擔心被聽到哭聲，所以放心地哭了；因為大家都盯著樂團，所以有了靜靜哭泣的角落。

有陣子頻繁去台大醫院探視癌末的長輩，那時候已經知道是最後時光，心頭被憂傷壓得很重，卻不敢表現出來。日子不多了，不要眼淚，要微笑。有天，等電梯上樓時，遠遠傳來一陣音樂，原來是大廳的小提琴演奏「伊是咱的寶貝」，琴聲緩緩訴說：「一蕊花，吹落地，爸爸媽媽疼最多……」。聽著聽著，一時千頭萬緒，在電梯前默默流眼淚。幾天後，朋友如花落土，化為粉塵。

四年前，太太頻繁進出和信，每次都有很多新的進展，從初夏確診、開刀、回診治療，一直到檢查追蹤。事情推著事情走，所有的情緒都壓著，害怕也被埋得很深。走完所有療程後，已經是冬天，在醫療團隊的照顧下，病情控制得很好，只剩下回診追蹤。

我們說說笑笑等拿藥時，醫院中庭廣場突然傳來歌聲，原來是節日到了，合唱團來唱歌。我趴在二樓走廊的扶手聽歌，聽著聽著，又哭了。過去半年的憂慮全部變為眼淚，流個不停。原來這麼害怕嗎？原來這麼累嗎？那是陪病的半年來，哭得最傷心的一次。連初診斷都很勇敢沒有流眼淚，卻在這樣的時刻哭了。

醫院裡的樂音，是很深很深地陪伴與了解啊，好像這麼多日子的辛苦有人理解了，用樂聲輕輕地告訴你：「辛苦了，一切都會沒事喔！」

謝謝每一個到醫院表演的樂手與歌者，在冰冷的醫院裡，能夠聽到歌聲是多麼療癒，讓人從幽暗中看到一道光，聽到一絲笑語，知道世界不全是苦的，還有歌聲笑聲喔。人生不全是苦的。

日常的一瞬

今晨，騎腳踏車上班的路上，經過小公園，發現早我一步下樓遛狗的太太，已經悠閒地在樹下做氣功，小黑狗墨麗則趴在她身邊曬太陽。

小黑狗抬頭看見我，一臉驚喜，跑出小公園，我卻已經騎遠，偷偷站在路的另一端觀察小狗。小狗四處張望，卻找不到媽媽，歪著頭一臉不解，實在很可愛。太太發現小狗不見，把狗拉回公園。

我捨不得小狗，又繞到公園另一側，隔著大樹貪戀地看太太與狗。太太還是很認真地做氣功，小狗背對太太，盯著我剛經過的路邊，坐得直挺挺。又過一下，小狗大約是累了，就死心趴下，搖尾巴曬太陽。

秋日陽光溫柔地灑在她們身上，光影晃晃。我忍不住微笑，這是我生命中，美好的一瞬。

我是個很入世的人，總是急著想抓住些什麼，金錢啊、名利啊，許許多多的攀附，把我搞得又累又煩，腦筋裡轉動的都是那些渴望而不可得的。只有望著太太與小狗的時候，才會讓我醒悟，生活是美好的。

前幾日去看了雲門舞集的《秋水》，據說這是林懷民退休前最後一支公開舞作。當日總共有三支舞碼，前面兩支舞，是中國陶冶舞團的《十二》，與雲門舞集鄭宗龍創作的《乘法》，無論是舞者的身體，或者舞台的光線，甚至音樂，都那麼朝氣蓬勃。彷彿夏日，光亮刺眼。

林懷民的《秋水》卻如此不同。京都的流水，配上沉靜的音樂，舞台散發著黃昏的寧靜。跳這支舞的舞者們，也行將退休，她們隨著流動的水，優雅地舞著，不疾、不徐，緩緩推移。

我小時候總喜歡大樹，特別是繁花盛開的樹。心靈工坊有本書，就叫《當下，繁花盛開》，我好喜歡這書名，總想起某一年在台南喝茶，看著粉紅風鈴木盛開，占盡風華，無比霸道。人生就該如此。

漸漸年長，經歷過幾次花開花謝，談過尋死尋活的戀愛，對工作也曾經拚了命地衝，如今卻覺得，繁花盛開很好，綠影搖晃也很美。

雲門舞者在跳《秋水》時，雙手在空中擺動著，像在抓住生命中轉瞬即逝的什麼。對我而言，回望到目前為止的人生，我最想抓住的一瞬，大約就是今天早晨了，風徐徐吹著，我最愛的，都幸福平安。日常一瞬，美好而無可取代。

黑暗裡的一盆花

《陽光普照》獲得五十六屆金馬獎六項獎項，唐綺陽說：「這是那年最好的國片。」劉若英也說：「眼淚從心裡痛出來。」

我看《陽光普照》時，則被嚇得一路緊張。起先，是在少年流血的眼睛裡，看到猛烈的生之欲望；到了電影中段，卻被跳樓少年摔得心跟著碎了；最後在爸爸的告白中，看見男人質樸笨拙的愛。

我想講的卻是媽媽，有好幾場戲，媽媽沒有特別演出來，而那些沒演出來的戲說得更多、更深。

大家有看見餐桌上的一盆花嗎？爸爸吃外帶的晚餐時，很邋遢地把塑膠袋一攤、免洗碗蓋打開，就埋頭猛吃。當全家人都陷入孩子入獄、死亡的風波，生活都要過不下去了，桌上竟然有一盆花。而且是盛開的白色的花。

再次回到餐桌的場景，又是另一盆粉橘色的花，瓶身細長優雅，跟這個家格格不入。它一直在那裡，有話想說。

我想起我們家很多過不去的時刻，也有花。年少時，爸爸沉迷夜總會，從不拿錢回家，媽媽開店做生意撐起一個家。生活再苦，媽媽都會插花。媽媽插花很講究，她學日本花道，用圓形矮缽插得高低錯落，很有情致，跟我們哭鬧不休的家完全不相符。

家裡的爭執與暴力越來越多，詭異的是，花卻從來沒有少。媽媽插在客廳的花與爸爸種的滿園玫瑰花，那是他們生命的寄託，是日子裡少有的美好。人總是要活下去的。一直插花的媽媽，對家有美好幻想，有少女般的期待，日子再爆裂，她都不能放棄，一旦鬆手，就會連自己都失去了。

我盯著螢幕上那盆花，餐桌凌亂，家居敗落，那盆花卻這麼燦爛。琴姐每日為鮮花換水時，在想什麼呢？當她用侷促的錢買花時，盼望的又是什麼？家裡的人都看到那盆花了嗎？有人願意明白她嗎？

有些評論把劇中的媽媽形容成控制欲強大的女人，也許是吧。我看見的強悍，不僅僅是控制欲，而是我得把你們抓緊了，得把我自己抓緊了，否則我們都會被黑暗吞噬。

也許如盧郁佳的提問：「琴姐一直是化妝師嗎？」《陽光普照》下，陰影全部被藏起來了，暗影沒有答案，但暗影裡可能有光跑過，就像餐桌上的花，那是黑暗中的一瞬之光，生命很苦，但總會有光，不能放棄。

願妳，未來無恙

這個世界存在著平行時空，隨著紀錄片，我們會穿越限制，進入一個我們未曾理解的世界。

看賀照緹導演的《未來無恙》時，我第一幕就被震撼了。那是我曾經住過好長一段時間的城市，我也曾經在田間山邊走動，我總是仰望藍天白雲，從來沒有循著窄巷，進入偏鄉社區，直到透過賀照緹的眼睛，我看見了。

偏鄉的角落，被結構性貧窮困住的世界，少女們在裡面奮力求生。那裡有很多我們想不到的傷害，各種形式的暴力、被迫的離別，以及父母的遺棄，但那裡也有愛。《未來無恙》講述的，是兩個少女的青春，與追尋愛的旅程。

我問賀照緹：「為什麼要拍一部這麼疼痛的電影？」賀照緹說：「因為我被召喚，影片裡的每一個人都在問誰會愛我？我可以愛誰？」

每一個人都渴求愛，這份渴求在偏鄉少女的身上，更強烈，也更失落。影片裡的小珍，愛著媽媽，卻也被媽媽傷害；不談家人的小沛，在男朋友身上尋找愛，卻不可得。

隨著紀錄片的推移，我們看到更多更多對愛的追尋。小珍為了安全，不得不離開媽媽，於是她談了一段又一段戀愛，每次她都以為碰到對的人，她在戀愛中笑得那麼開心，可是最終卻又失望了，她故作堅強地說：「我已經習慣了啦！」她明明才十幾歲，為什麼要習慣痛苦？習慣背叛？

小沛自始至終都只愛著一個男孩，她獻出自己的全部，連男孩的父母都不忍心，可男孩始終長不大，男孩守不住一個家。

我在漆黑的電影院，看著這兩個少女的日常，幾乎要喘不過氣。要如何度過這麼多傷心？

她們才十幾歲，卻已經看盡滄海桑田。她們要怎麼長大？

幸好賀照緹是溫柔的，她拍了少女的眼淚，卻也拍下被愛的片刻。我彷彿聽到賀照緹跟女孩說：「生命再苦，都可以度過的，不要害怕，你們已經走過最艱難的一段了。」

這部紀錄片拍了四年，剪了三年，賀照緹常常在拍完之後，回家痛哭，下次仍然繼續回到現場拍攝。剪接時，那無力感實在太強大，她不停自問：「拍下這些故事又如何？偏鄉女孩們的處境會改變嗎？」

我想跟親愛的賀照緹說：「會改變的。只要開始述說，就能找到同樣溫柔理解的人，痛就會少一些。」

偏鄉女孩的處境會改變的，因為我們都看到了，不會坐視不管。我們每一個人，都會伸手擁抱傷痕累累的女孩，更要阻止未來的傷害。

願每一個女孩，未來無恙。

人生很長，也很短

趁著過年，終於把電視劇《俗女養成記》追完了。看到最後一幕，陳嘉玲走向小時候的「鬼屋」，勇敢直視，發現那不過是間廢棄了但很舒服的房子，她決定買下老屋，為它漆上美麗的白色窗框。然後她說：「親愛的陳嘉玲，你是從哪裡開始忘記了，忘記了這輩子其實很長，長到可以跌倒再站起來，做夢又醒過來；這輩子其實也很短，短到你沒有時間去勉強自己，沒有時間討厭自己。」

我聽了這段話，突然放聲大哭。太太放下零食很緊張地看著我問：「你怎麼了？為什麼哭得這麼傷心？你說話啊？你想阿嬤嗎？」

的確，整部《俗女養成記》光是阿嬤的部分就很好哭。我是在苗栗鄉下被外婆帶大的小孩。我永遠記得阿嬤家的平凡清晨，天濛濛亮，我翻身摸不到阿嬤，哇哇大哭，直到聽見阿嬤「咯咯咯」學雞叫的聲音，我趴在小窗台張望，看到阿嬤撒米糠餵雞的背影，覺得好安心，倒頭又睡著了。阿嬤會編藺草席，躺在上面睡午覺，很涼快，還會有淡淡的草香。

阿嬤就像楊麗音演得那樣，會罵髒話，超級逞強，卻又超級溫柔。阿嬤會在我跑去工地亂晃，一腳踩穿木條上的鐵釘，爆哭大喊「阿嬤！阿嬤！」時，神勇出現，揹著我跑好久好久，到鎮上找醫生；也是阿嬤，會帶我到鄉下月台上等阿姨下班，我看星星看得睡著了，阿嬤輕輕哄我。我看著楊麗音演的阿嬤，忍不住又哭又笑。

可是我看完整部戲爆哭不是為了阿嬤，而是主角陳嘉玲最後的口白，人生好長，也好短。最近，我離開了一手創辦的出版社「小貓流」，這不是個容易的決定，我思考一整年「我的人生到底要走向哪裡」。我深深感謝郭重興先生讓我有機會創立一個小小的出版社，卻也只能跟他握手道別，互相祝福。

我以為我處理得很好了，工作上、人際上，都沒有遺憾。卻不知道，原來，我心裡還是微微流血了。放手的一瞬間，我除了不捨，還有更多責怪，怪自己不夠好。我忘了，人生很短，不要再責備自己；我也忘了，人生很長，我們會走過很多十字路口，做很多夢，然後醒來。

我哭完後，抹抹眼淚，笑著跟太太說：「我只是覺得我不要一直罵自己了。還有，未來很長，要加油！」

也許，我也該學陳嘉玲，對自己說：「謝謝你，我愛你。」

歲月的風，吹散了年

每到過年，搞不定要去媽媽家還是弟弟家過年時，我就格外想念童年眷村的老家，不管離得多遠，過年都會「回家」。

我們村子過年很熱鬧的。年前要灌香腸、醃臘肉、風雞腿，小時候嘴饞，等不及香腸上桌，也不管生肉有細菌，像小貓一樣，仰著頭，偷偷咬一口，覺得好吃，又忍不住多咬兩口，媽媽發現了，就罵我們是老鼠偷吃。

年前還要曬被子，出大太陽時趕緊把被子攤在陽光下。曬被子時，媽媽會大聲叮嚀：「要玩鞭炮走遠一點，不准弄髒棉被！」好死不死，弟弟的沖天炮就在那一瞬間衝到棉被裡，悶聲炸出一個洞，我們三個人笑到肚子痛。

年前要忙的還有「買新衣服」，那可是相當慎重，要上百貨公司，甚至上台北買，買回家後還神秘兮兮，得等初一才能「現」。可是小孩藏不住秘密，好想說，又得保密，只好跟鄰居死黨透露幾句，快被猜到時，馬上閉嘴。

除夕夜，照理應該輕鬆吃年夜飯了，媽媽的家庭美容院卻是最忙的時候。我十歲就學會幫客人洗頭，墊個小板凳就上工。眷村的阿姨們吃過飯會來洗頭，吹漂亮的大波浪，還要噴很多髮膠，畢竟這個頭得撐到年後呢。有些阿姨看我勤奮，硬塞個紅包給我，還跟媽媽說：「紅包不准收走啊！要給咪咪的！」

終於等到大年初一，起床後迫不及待穿新衣去現一下。然後帶上弟弟，跟對門的維明、德德，隔壁的曼蓉，巷口的美鳳、玉鳳集合，一起到村子裡的活動中心抽獎，每家都有得抽，每年都毫無意外地抽到一盒肥皂。歡天喜地把肥皂拿回家後，還要再集合，確定晚一點要看什麼電影，多半是香港賀歲片，成龍、洪金寶、曾志偉。

等電影的空檔，還要陪爸爸媽媽去拜年，穿梭在建國街、衛國街、衛民街，找邊奶奶、羅奶奶、閻奶奶、刁奶奶拜年。小小的村子，縱橫幾條街，滿滿笑聲、鞭炮聲，死黨們互相叫嚷催促：「快出來玩啊！」

那時候的我們怎麼會想到，村子會拆，我們會散。長大後，也許是住得遠了，也許是某個無聊的吵架後，就真的不再理會彼此。

我好想念兒時的過年，還有每一張笑臉。歲月的風把我們吹散，再也回不去了。可以不要長大嗎？

送給在草山修行的你

跟大學時非常要好的學姊一同看了《草山生活指南》，由文化大學的草山劇場編演，「草山」則是陽明山的舊稱。會特別去看戲，除了因為我也是文大畢業生，更重要的是，乾女兒葉子瑄也參與演出。

有時候想到乾女兒竟然已經長大成為文大的學妹，還是有點心驚。明明昨夜，我還跟學姊（也就是乾女兒的媽）一起在文大曉園看夜景，無邊際地幻想未來，怎麼時間飛奔得那麼快，我們的女兒都快從文大畢業了。

《草山生活指南》裡，有很多我們對文化大學的回憶，永遠很擠的

260公車、冬日永遠又濕又冷的棉被、花季永遠很吵的交通管制、颱風天永遠很可怕的樹倒花折，還有我非常懷念但學弟妹覺得還好的牛肉拌麵。

陽明山收容了青春浮躁的我們。每次下山，都覺得好像要離開寺廟，到紅塵修煉，只有山上的日子才是真實的，我們在雲霧飄渺中，慢慢長大。

就算已經畢業，我只要遇到重要抉擇，還是會上山看夜景，很認真地想：「年輕的我，會怎麼做呢？我能不能做出對自己最真誠無欺的選擇？」

某次，我在辦公室發了頓脾氣後，乾脆回山上，坐在仰德大道7-11前的馬路抽菸。我突然在車流中，看見二十歲的我，對著現在的我微笑，她說：「你很努力了，我覺得你很棒喔！」四十歲的我，趕緊跑上前，對那麼年輕卻為愛受苦的她說：「不要再哭了，一切痛苦都會過去，你的未來會很棒的。」能夠穿越歲月之流，在陽明山與年輕的自己相遇，真好。

《草山生活指南》的最後，學弟妹們亮亮的眼睛裡有憂鬱，他們看著遠方問：「三十歲的我們，會是什麼模樣呢？」我想起死去的三浦春馬，恰恰是三十歲。突然很悲傷。他們的憂慮與不安，看起來孩子氣，卻都是真的，因為我們也都經歷過啊。

戲散之後，我在意見調查表寫著：「親愛的學弟妹，你們一定會有很美好的未來的。」我說的並不是謊話，離開陽明山的保護後，他們將會遇到挫折，也會經歷微小的成功；他們會找到愛，又失去愛；他們會心碎，也會幸福。他們會一日一日明白人生的痛苦與甜蜜。

只要能好好活著，並且偶爾對自己與人生心存敬意，就是最美好的未來了。

穿越黑暗的微光

從十七歲開始聽萬芳，她一直是我放在心裡的歌手。

十七歲那年聽的是《半袖》，是《我記得你眼裡的依戀》，那時候正在為愛受苦。如同萬芳後來演唱會的主題「你所不知道的那些夜晚」，年輕為愛失眠難熬的深夜，常常拖著朋友在KTV邊喝酒邊唱萬芳，哭個不停，抽很多很多菸。

年紀漸長，讓人感到痛苦的，不再是愛情，而是人生的真相，追逐夢想時受到的挫折、跌到谷底的憂鬱，以及中年後不得不面對的死亡。

萬芳一直陪著我們。

二〇一〇年，萬芳四十三歲，推出歌手生涯中至為關鍵的專輯，《我們不要傷心了》。這張專輯有兩首主打歌，一是談憂鬱症的《我看見快樂在對我笑》，一是談死亡的《我們不要傷心了》。萬芳從愛情裡蛻變，成為吟唱生命悲喜的歌手。

人活著有好多痛苦，好多失去，每個人都有自己的黑洞，我們在黑洞裡感受不到一絲絲氣息，只有無邊的迷茫，有人可以理解我嗎？有人可以陪伴我嗎？

萬芳走過自己的黑洞，經歷很多失去，她很努力上了許多課程，也許她不是讓自己強壯，她僅僅是搞懂「悲傷」是什麼，試著與悲傷共處。她的歌曲並不是光明燦爛地說「黑暗總會過去」，而是說「人一定會經歷黑暗，沒關係，我懂，我陪你。」

二〇一八年，萬芳出道二十八年，終於登上小巨蛋，舞台燈光一亮，她就哭了，成為小巨蛋史上最快落淚的歌手。

很久以前我曾經採訪萬芳，問她為什麼不去小巨蛋，那是所有歌手的夢之舞台啊。萬芳誠懇地說：「我唱歌，不是為了去小巨蛋。」後來我才明白，萬芳一直用自己的節奏摸索想走的路，每一年都被邀約的她，終於在因緣俱足時，踏上這個大舞台。

原來人生是急不得的，按照自己的步伐慢慢走，自然會走到該去的地方。

二〇一九年的小巡演「我們在這裡相遇」，萬芳走得更遠了。她幾乎不唱歌迷熟悉的歌，她唱那些影響自己的歌，每一首歌背後都藏著一段黑暗時光。我在台下仰望，覺得能夠從痛苦中活下來真好。

我一邊聽歌一邊想著，世界正在毀壞，黑暗越來越強大，幾乎把我們吞噬。前路茫茫，我們這麼渺小，該怎麼做，我們才能活得更好？世界才能變得更好？

看著發光的萬芳，我突然懂了。儘管黑暗讓人難受，但我們終將成為更勇敢的人。

我們不用幹什麼翻天覆地的大事，只要我們每一個人都能成為美好的存在，就足夠了。

願我們都能成為穿越黑暗的微光。

就算害怕也沒關係喔

前幾天，一個新認識的朋友對我說：「沮喪時，看到你能量滿滿的貼文，就覺得有力氣了。」

我想起他最近憂傷的貼文，於是跟他說：「其實我也常常很低落，睡前都要服藥，才能維持情緒平穩。只不過，我有很想完成的事，所以每天都很努力。」

是的，我最近又開始服用抗憂鬱劑，藥物能讓我好睡，讓我情緒平穩。

這不是我第一次服藥，在二十九歲，土星回歸年的時候，我因為逼自己挑戰根本不熟悉的工作，硬逼自己強大，所以得了憂鬱症，吃了兩年的藥之後，終於離職。

我離開競爭激烈的媒體，暫居花蓮壽豐的山腳下八個月，從秋天到春天，慢慢生活，慢慢好起來，重新感受微風細雨的溫柔。

我知道憂鬱症是什麼。那是癱在黑暗中，整個人使不上力，無論如何都走不到陽光下。

去年夏天，陽光炙熱的某個中午，我到喜歡的小店買便當，突然地，我再度感受到黑暗。明明日光扎眼，我卻看見黑暗蔓延，我知道，憂鬱症又來了。因為某些原因，我沒有服藥，而是嘗試用運動來控制，想辦法給自己一些腦內啡。

但再怎麼努力，總有無法控制的時候。某天傍晚，我為了同事犯的小錯，在辦公室狂怒，我無法控制自己的怒氣，我氣得想去跳樓算了。

但我是知道憂鬱症的，我警醒到自己的失控，於是緊急約了心理諮商師，諮商師取笑我：「哎呀，你這就是中年危機加更年期。」

我更努力地運動，更努力地把生活維持在一定的軌跡。至少，我要練習控制怒氣。

我好像好了一些，直到另一個黃昏時刻，我在辦公室，望著窗外，對面那棟閃著金光的大樓好像在呼喚我，喚我走到頂樓，然後往下跳。只要跳下去，就什麼痛苦都沒有了喔。

持續好幾個黃昏，我看著那棟金色大樓，用力克制走上去，跳下來的念頭。生存本能讓我呼救，我跟熟識的精神科醫生講起金色大樓的誘惑，那天晚上，他緊急為我開藥。從此，我又回到有藥物的生活。

我按時服藥，死亡的誘惑愈來愈遠，但偶爾，我還是覺得痛苦，覺得生無可戀。可是更多時候，我情緒平穩且快樂，用心為生活創造一些美好小事。

臉書上那個樂天知足買到口罩就高興得唱歌的傻子是我，起不了床裹著棉被安慰自己「今天一切都會很順利的」沒用傢伙也是我。

我把我的黑暗告訴朋友，是因為我想讓他知道，我懂他的悲傷。每個人的生活都充滿掙扎，都血淚斑斑。沒有誰是容易的。

我願意述說我的黑暗，是因為我很珍惜這些痛苦，它讓我更深刻地理解人性的幽微。

我最喜歡的作家，娥蘇拉．勒瑰恩在《地海六部曲》中寫著：「唯黑暗，成光明」。這句話拯救了我。

我以前懼怕各種形式的黑，無論是情緒暗影，或者深夜漆黑，甚至只要是圖畫裡的黑色色塊，我都討厭。可是如果沒有黑暗，世界就會白糊成一片，對人性的理解也只剩下傻白甜。

「唯黑暗，成光明」，讓我看見光明燦爛的背後，都有陰影，是暗影讓我們的人生立體，讓我們明白痛苦，並對人世心生悲憫。

懂得黑暗，才有機會成為更好的人。

人到中年，也漸漸明白很多事情無法改變，比如焦慮。我很容易焦慮，每回交稿後都擔憂對方是否喜歡，坐立難安。既然焦慮的個性改不了，那就練習它共處吧，焦慮來了，就去跑步，不要空坐在電腦前等回信，離開現場，去鍛鍊自己，好的壞的回應，時間到了自然會來。

人總是會成長的。年少時憂鬱，會以為天要塌了世界要毀滅了；中年時憂鬱，會明白雖然痛苦但一切終會過去。

導演陳慧翎寫過一段話：「如果恐懼，大聲說出我怕；如果悲傷，大聲吼出眼淚。總有一雙手托住你，總有一個擁抱溫暖你。」

是唷，恐懼的時候，就說我怕，沒關係的，我們都不是未經世事的孩子了，承擔得起自己的害怕與悲傷，而且，我們也終於學會如何溫柔地承接自己。

後記

不寫作，一切就失去意義了

最近在工作的場合收到一張名片，翻過來看見一小段話，很感動。名片的主人寫著：「親愛的小貓，謝謝你的文字，讓不同時空的彼此，也有了彼此承接的載力。」

寫作是很孤單的工作，我每天一個人對著電腦寫下許多字，卻不知道它會走到哪裡，真的可以陪伴悲傷的人嗎？知道我的文章確實陪伴不認識的人，真是太好了。

有人問，為什麼我願意寫文章分享我的黑暗。因為我知道活著本身就是很艱難的事，只是我們怕丟臉，所以把那些失敗跟眼淚都藏起來了。寫文章對我來說，就像是蹲在躲起來偷哭的人身邊，輕輕地對她說：「嘿！我也跟妳一樣，偶爾會躲起來哭呢！我陪你哭，哭完，我們一起去曬太陽好嗎？」

《吃飽睡飽，人生不怕》裡，也藏著這樣的心意。我的童年算不上幸福，有很多爭吵、淚水、孤單，與自我懷疑。因為曾經很疼痛，所以更明白人活著好苦，所以更想要把每一天過好，自己給自己幸福。

如果此刻的你也被黑暗籠罩，不要怕，去吃飯，哪怕邊吃邊哭，都要吃完；吃飽後，去睡覺，哪怕哭著睡著也沒關係。吃飽睡飽，再面對糟糕透頂的世界，會比較有力氣，比較不害怕。

也有人問，我的文章療癒了他人，寫作對我自己的意義又是什麼？同樣是療癒嗎？

這本書的文章多數收錄自《蘋果日報》「名采專欄——愛的極短篇」。這兩年多，正好是我最忙碌的時候，我主要的工作是「小貓流文化」總編輯，又在央廣主持節目，但再忙再累，我都堅持每週（後來改成隔週）的蘋果專欄不能停。因為這是我與寫作唯一的關聯了。

有次，同為寫作者的年輕記者來採訪「小貓流」，採訪結束後，她問我：「你還會寫作嗎？」我抽了幾口菸，很誠實地說：「會。我所有的努力，都是為了寫作。如果從此不寫，這一切就失去意義了。」

我知道我不是寫得最好的那一個，我只是很努力。我以前真的好羨慕那種一寫字，天上就灑金粉的作家，她們怎麼可以寫得那麼華麗閃耀，而我卻只能是我。可是我這幾年慢慢理解了，我就只能是我啊，用很簡單樸素的語言，一個字一個字地跟這個世界溝通。

寫作，是我存在於這個世界的理由。

扉頁的幾句話，也是一切的起點：

「我想透過寫作與食物抵達的，不僅僅是和解，而是在痛苦中，生出溫柔的可能。」寫下這一段話，漫長地，與生命之惡拚鬥的旅程，好像抵達終點了。

這本書去年就想出版，我卻舉棋不定，無法決定要在小貓流出版，或者交給木馬文化。某個焦躁午後，我在大安森林公園跑步，腦中突然浮現扉頁的這段話，我就明白了，只要放下急躁，這本書就會以最自然而舒緩的樣貌，與大家見面。

人生是急不來的，寫作與出版也是。

這本書的出版，要感謝許多人。第一位要感謝的，是讀書共和國社長郭重興先生，沒有他，就不會有小貓流的精彩旅程，謝謝他的寬厚，想念九樓小圓桌的餅干和咖啡。

謝謝木馬文化的社長陳蕙慧，是她的堅持，才促成了這本書的出版；謝謝副總編輯陳瓊如，她的細心與耐心，讓我安心當個好作者；謝謝Bianco的插畫與封面，深深愛著你。謝謝韓良憶與莊慧秋的序文，良憶是個俠女，能有她為友，是我的榮幸；慧秋是最寵溺我的人，謝謝她二十年來的包容。

謝謝外婆、奶奶、爸爸、媽媽，他們親手做的熱湯熱飯，牽絆著我，讓我沒有墜落深淵。

最後，謝謝我自己，謝謝你一直這麼努力，謝謝你從來都不放棄，我們才能走到這裡。

這真是一趟無比美好的旅程。

小貓流隨興好吃食譜

我做菜不用電秤，不用量匙，我看我媽媽、奶奶、外婆，甚至我爸，也都是這麼做。調味料少許，看起來很模糊，我卻覺得很精準，畢竟鍋子、食材都在時刻中改變，哪能精準地寫一匙或者兩匙呢！害怕的話，可以先放少一些，不夠鹹，再放一些。

以下附的食譜，都是我很愛吃愛做的家常菜。每次做菜，我都很開心、期待。菜要做得好吃，最重要的是心情！掌廚的人心情好，那份快樂會傳達到鍋鏟、傳達到食物裡的。

讓我們一起開心做菜，好好吃飯吧！永遠記得，吃飽睡飽，人生不怕！

火腿生菜沙拉

材料

1 沙拉：綜合生菜、各色火腿、堅果、起士、番茄等蔬菜。

2 醬料：法式芥末子醬、蜂蜜、檸檬、柳橙、初榨橄欖油、現磨黑胡椒。

事前準備

把檸檬汁、法式芥末子醬、蜂蜜、柳橙汁、橄欖油、現磨黑胡椒拌勻。

小貓貼心叮嚀

1 沙拉醬很隨興，沒有柳橙，用檸檬也行，如果有葡萄柚，那也挺好。

2 有些人會在沙拉醬加鹽，如果加了生火腿，建議不要再加鹽，已經夠鹹了。

作法

1 拿個大碗，把手邊有的蔬菜水果，如番茄、小黃瓜、彩椒……，總之能當沙拉的材料，把表面水份擦乾後，扔進碗裡；再往碗裡撕些生火腿、沙拉米，或者放點火腿塊，再放點起士。也可以順手丟點堅果。

2 淋上自製沙拉醬，拌勻，上桌。

香菇干貝滷肉飯

材料

絞肉、珠貝、香菇、蒜頭、紅蔥頭末，以及白飯一大鍋！

事前準備

1. 珠貝手撕一分為二或三，千萬不要過細，那就失去口感了。
2. 香菇切小塊，跟珠貝同樣大小即可。

小貓的貼心叮嚀

1 可以放油豆腐同滷。切記，不要把滷鍋塞太滿，要讓絞肉跟豆腐有跳舞的空間。

2 與其滷蛋，我更喜歡滷鵪鶉蛋，吃起來沒負擔。鵪鶉蛋下鍋前要炸過，才不會一滷就散了。

作法

1 絞肉先下鍋炒香，要炒到水分都蒸發了，絞肉才會香。

2 絞肉炒完後，中間挖個小洞，倒點油，把蒜末、紅蔥頭末、香菇、珠貝，放在小洞裡爆香。接著才跟絞肉一起炒。

3 下點醬油膏，炒上顏色；再嗆點醬油，醬油可以帶來焦糖味跟鹹味；最後嗆點酒、灑點白胡椒，增加香氣。

4 用醬油水蓋過絞肉，滷半小時左右，就有香噴噴滷肉飯可以吃了！

大豆豬腳湯

材料

大豆、豬腳、蒜苗末、薑片、米酒。

事前準備

1 豬腳川燙去血水。

作法

1 大豆、豬腳、薑片一起入鍋熬，約兩、三個小時，豬腳跟大豆都燉爛了，淋點米酒，再滾一下下，就可以關火啦！

2 上桌前用鹽巴調味，再灑一把蒜花（蒜末），就大功告成啦！

紅燒肉

材料

五花肉、完整大顆蒜瓣數棵、老薑、辣椒兩三根。

事前準備

1 五花肉切塊，不要太小塊，會縮水，失去大口吃肉的爽感。

2 老薑切片。

小貓貼心叮嚀

1 請選肥瘦均勻的五花肉，千萬不要買很瘦的五花肉啊，紅燒肉沒了肥肉，不只柴死了，也少了油潤的口感跟香味啊！

2 可以在鍋裡放點當季耐燒的食物，比如秋天的栗子、夏天的筍子。

作法

1 起油鍋，把五花肉整齊下鍋，四面煎到略帶些微的黃金色。肉先煎過，可以避免燉太久把肉煮散，也可以增加香氣。薑片也可以同時入鍋煸乾。

2 五花肉煎好後，蒜頭、辣椒入鍋，略略翻炒。

3 依序，先用少許醬油膏炒出顏色；再下點冰糖，炒出焦糖香氣，也可以讓紅燒肉色澤漂亮；再下陳紹炒出酒香；最後下點醬油，依然是炒顏色。

4 肉炒香後，下醬油水，淹過五花肉。小火慢燉一小時左右，肉爛了就完成啦！

草莓果醬

材料

草莓、二砂、冰糖、檸檬。

事前準備

草莓洗淨，用砂糖醃漬半天，等待果膠。

作法

1 拿個小鍋，將草莓與冰糖入鍋熬煮。

2 擠點檸檬，保持色澤鮮紅。

3 大約熬煮半小時，果醬就完成了。

蛋餃

材料

雞蛋、豬絞肉、荸薺、香菇、一塊豬油（融化的豬油也行）。

事前準備

1 內餡：荸薺、香菇切碎，跟豬肉拌均勻，加少許鹽巴，千萬別太多。

小貓貼心叮嚀

1 煎蛋餃還是用豬油好吃，偶爾吃吃，對健康應該無礙。

2 荸薺、香菇可以用食物料理機打碎。真難想像沒有食物調理機的年代，奶奶跟媽媽要切多久。

3 煎蛋餃需要練習與耐心，慢慢來，一定可以掌握訣竅的。

作法

1 小塊豬油往鍋裡抹出點油（或倒一小匙豬油）。

2 蛋打散成蛋液，舀一匙蛋液，攤成一個圓。把拌好的內餡放在蛋皮的一側。

3 趁蛋液未凝固前，趕緊把蛋皮對折，輕輕壓一下邊緣，把蛋餃的嘴巴閉好。

醃篤鮮

材料

新鮮豬肉（五花肉、排骨都行）、家鄉肉、金華火腿、冬筍、豆腐皮結。

小貓貼心叮嚀

1 家鄉肉、金華火腿可在南門市場購買。燉湯用的金華火腿要帶點骨節，湯才會濃郁。

事前準備

1 排骨、家鄉肉切塊川燙去血水。

2 金華火腿切小塊，放些高粱略蒸一下，去腥味。

3 豆腐皮結泡水，二十分鐘左右即可。

4 冬筍切滾刀塊，略小，方便入口。

作法

1 所有材料放入鍋裡熬。只有豆腐皮結，關火前半小時丟進鍋裡就好。

2 燉到肉爛湯奶白，豆腐皮結也軟了就成啦。我通常會燉兩個小時以上。

風乾雞腿

材料

去骨雞腿數片、鹽巴、花椒、高粱酒、麻繩。

事前準備

1 花椒跟鹽巴小火炒香，放涼。

2 雞腿洗淨，擦乾，在雞輪骨處用力綁上麻繩。

小貓貼心叮嚀

1 雞腿也可以選擇帶骨的，但會比較難剁，不會剁雞肉的朋友不要輕易嘗試。

2 用米酒取代高粱也行，但家母堅持：「一定要用高粱，才是頂級的！」於是我們自家吃的，多用陳高醃。

作法

1 綁好的雞腿，抹上薄薄一層花椒鹽，倒點高粱，放在鍋子裡。依序堆疊。

2 醃好的雞腿，放冰箱醃個一兩天。

3 將雞腿掛在陰涼通風處吹風，大約五天到一個星期就可完成。

醬油烤雞蛋

材料

雞蛋、醬油、奶油、小碗。

事前準備

無。連烤箱都不用預熱。

小貓貼心叮嚀

1 烤蛋用小烤箱就好了，別用大烤箱，浪費電。除非你一次烤十碗。

2 每台小烤箱火力不一，請密切注意，不要烤過頭烤箱噴煙，危險。

作法

1 小碗裡先抹點奶油，防止烤蛋沾黏，碗不好洗。

2 在抹了奶油的小碗裡打個蛋。

3 將蛋黃輕輕劃開，千萬不要弄混濁了，劃開一些就好。

4 在蛋黃上放一塊奶油，淋一點醬油。

5 放入小烤箱烤 8—10 分鐘。

燉牛肉

材料

1 牛肉：牛肋條、牛筋各半。
2 蔬菜：白蘿蔔、洋蔥、蒜頭、老薑片、辣椒、番茄、蔥段。
3 一小塊奶油。

事前準備

1 牛肋條剔下油花後切塊，川燙去血水。
2 洋蔥切丁，白蘿蔔切滾刀塊。

小貓貼心叮嚀

1 牛筋難切，可以請肉販幫忙，或者用電鍋蒸軟了切。偷懶的話，可以先放下去燉，燉爛了再切。牛筋燉爛需要更多時間，牛肋條稍後再放即可。
2 燉牛肉好吃的秘訣一是放白蘿蔔，可以讓湯頭清香；一是多放兩根辣椒，帶著辣勁的燉牛肉更好吃。

作法

1 開小火融化奶油、橄欖油、牛油，接著將洋蔥下鍋炒到透明。
2 薑片、蒜頭、辣椒、蔥段下鍋爆香後，番茄下鍋炒出些番茄汁。
3 牛筋、少許牛肋下鍋炒香。再加醬油、米酒、沙茶醬，炒出香味。
4 白蘿蔔下鍋，用醬油水淹過所有材料。大滾後舀浮渣，再開小火慢燉。
5 約一小時後再將所有牛肋條下鍋一起燉。總共燉煮時間約二至三小時，視牛肉軟爛入味的狀況而定。

望安瓜酸魚湯

材料

望安瓜、嫩薑、鮮魚、蔥段。

事前準備

1 望安瓜洗淨、嫩薑切絲、鮮魚切段。

作法

1 湯鍋裡裝水煮滾。放蔥段、薑片、鮮魚、望安瓜。
2 滾到魚肉熟了，湯就好了。上桌前滴點米酒，無比迷人。

羅宋湯

材料

1 牛肉：牛肋條、牛腱，各半。（也可依個人喜好選擇只用牛肋條或者牛腱）。

2 蔬菜：馬鈴薯三個、番茄四、五個、紅蘿蔔一條、洋蔥一顆。

3 奶油一塊、橄欖油少許

事前準備

1. 牛肋條油花剔除，備用。

2 牛肉切塊，牛肉會縮水，切記不要切得太小塊，川燙去血水。

3 洋蔥切丁，馬鈴薯、紅蘿蔔削皮切滾刀塊、番茄一顆切成八份。

作法

1 開小火，將橄欖油、奶油、牛肋條剔下來的油花下鍋，小火燒化。

2 將整份洋蔥丁入鍋炒到顏色略呈透明狀。接著下蕃茄，炒到略略炒出番茄汁，再將處理好的切塊牛肉入鍋一起炒香。

3 加入紅蘿蔔、一半份量的馬鈴薯。（馬鈴薯煮化融在湯裡，可以讓湯頭更濃香，但全煮化了也不好，所以我都先放一半。）

4 加水淹到八分滿。大火煮滾後，去浮渣，關小火慢燉。

5 我燉湯喜歡久燉，羅宋湯至少燉半天，用密閉效果好的鑄鐵鍋，比較不會發生湯汁熬乾的悲劇。關火前調味，少許鹽巴提味就行了。

自製鮮奶油

材料

1 馬斯卡朋起士、優格、鮮奶油。

2 喜愛的莓果。

作法

1 將馬斯卡朋起士、優格、鮮奶油用一比一的比例，高速打發，很容易就打發蓬鬆，可加些蜂蜜或砂糖調味。

2 找個漂亮小碗，把奶油堆高高，再放上喜愛的莓果，超級療癒啊！

海鮮粥

材料

1 豐儉由人，我生性浮誇，備料也多。通常有螃蟹、蝦子、花枝、蛤仔、干貝、蚵仔、肉絲。
2 芹菜末、紅蔥頭末、蔥段、薑片。
3 白米。

小貓貼心叮嚀

因為海鮮帶鹹味，所以要先試過才能加鹽，免得過鹹。

事前準備

1 肉絲用醬油、米酒抓一下，醃著。
2 蝦子剪去蝦頭尖端、蝦足，尾巴也要剪平。
3 花枝洗淨切圈。我喜歡自己殺花枝，花枝皮留著，那是味道濃郁的所在啊。

作法

1 起油鍋，爆香蔥段、紅蔥頭、薑片。
2 肉絲下鍋略炒後，加入洗淨的白米炒香。
3 加水慢熬，熬到米心快熟了，依序下螃蟹、蝦子、透抽、干貝、蚵仔，火大滾放蛤仔，蓋鍋蓋，數到二十，關火，燜一分鐘左右，海鮮粥就完成啦！如果還有腥味，應該是某種海鮮尚未熟透，開火再略煮一下，腥味就消失了。
4 撒些白胡椒、芹菜末，就可以華麗上桌！

吃飽睡飽，人生不怕

作者	瞿欣怡
社長	陳蕙慧
副總編輯	陳瓊如
行銷企畫	陳雅雯、尹子麟、余一霞、洪啟軒
封面內頁設計	Bianco Tsai
繪圖	Bianco Tsai
校對	魏秋綢
排版	宸遠彩藝
社長	郭重興
發行人兼出版總監	曾大福
出版	木馬文化事業股份有限公司
發行	遠足文化事業股份有限公司
地址	231 新北市新店區民權路 108-2 號 9 樓
電話	（02）2218-1417
傳真	（02）2218-0727
Email	service@bookrep.com.tw
郵撥帳號	19588272 木馬文化事業股份有限公司
客服專線	0800-221-029
法律顧問	華洋國際專利商標事務所 蘇文生律師
印刷	呈靖印刷股份有限公司
初版一刷	2020 年 09 月 02 日
定價	360 元

國家圖書館出版品預行編目

吃飽睡飽，人生不怕 / 瞿欣怡作 . -- 初版 . -- 新北市：木馬文化出版：遠足文化發行，2020.09

面； 公分

ISBN 978-986-359-831-2（平裝）

863.55 109012096